W0462307

COLLECTION
L'IMAGINAIRE

Joseph Roth

La toile d'araignée

Traduit de l'allemand
par Marie-France Charrasse

Gallimard

Titre original :

DAS SPINNENNETZ

© *Verlag Kiepenheuer & Witsch, Köln, Berlin —*
und Verlag Albert de Lange, Amsterdam, 1967.
© *Éditions Gallimard, 1970, pour la traduction française.*

Joseph Roth est né en 1894 près de Brody en Ukraine. Ses études de germanistique à l'université de Vienne sont interrompues par la Première Guerre mondiale à laquelle il participe. La paix revenue, il débute dans le journalisme. De 1923 à 1931, il travaille pour la *Frankfurter Zeitung* tout en écrivant de nombreux romans, essais et nouvelles. Sa réputation de romancier s'établit enfin avec la publication, en 1929, de *Rechts und Links.* Un peu avant 1933, il quitte l'Allemagne et se réfugie à Paris, où il anime le Cercle des Émigrants et exprime violemment son ressentiment contre Hitler. Désespéré, il meurt prématurément en 1939, dans la plus grande misère.

CHAPITRE 1

Theodor grandit dans la maison de son père, le contrôleur des Douanes et ancien adjudant Whilhelm Lohse. Le petit Theodor était un enfant blond, appliqué et bien élevé. Il désirait ardemment avoir l'importance qu'il acquit plus tard, mais sans jamais oser y croire vraiment. On peut dire : il dépassa les espérances qu'il n'avait jamais placées en lui.

Le vieux Lohse ne vécut pas assez longtemps pour connaître son fils adulte. Tout ce qu'il fut accordé au contrôleur des Douanes fut de voir Theodor sous l'uniforme d'un lieutenant de réserve. Le vieil homme n'en avait jamais souhaité davantage. Il mourut dans la quatrième année de la Grande Guerre, et le dernier instant de sa vie fut magnifié par l'idée que, derrière son cercueil, marcherait le sous-lieutenant Theodor Lohse.

Un an plus tard, Theodor n'était plus sous-lieutenant, mais étudiant en droit et précepteur chez le joaillier Efrussi. Chez le joaillier, on lui donnait chaque jour du café au lait avec de la peau et un petit pain au jambon, et chaque mois une somme d'argent. Telles étaient les bases matérielles de son existence. Au service de Secours technique auquel il appartenait, il y avait rarement du travail, et quand il y en avait, il était pénible et misérablement rétribué. Une fois par semaine, Theodor touchait des légumes secs de l'Entraide sociale des officiers de réserve. Il les partageait avec sa mère et ses sœurs chez qui il vivait, toléré, supporté de mauvaise grâce ; à peine faisait-on attention à lui, et quand, malgré tout, cela arrivait, c'était avec condescendance. La mère était égrotante, les sœurs jaunissaient, elles se faisaient vieilles et ne pouvaient pardonner à Theodor de n'avoir pas accompli son devoir, de n'être pas tombé au champ d'honneur, sous-lieutenant et deux fois cité à l'ordre de l'armée. Un fils mort serait resté à jamais l'orgueil de la famille. Mais un sous-lieutenant démobilisé et victime de la révolution, les femmes le trouvaient encombrant. Theodor vivait parmi les siens comme un vieux grand-père que l'on aurait vénéré s'il avait été mort, mais que l'on méprisait parce qu'il restait en vie.

Bien des maux lui auraient été épargnés si une hostilité muette ne s'était dressée comme un mur entre sa famille et lui. Alors, il aurait pu dire à ses sœurs qu'il n'était pas responsable de son infortune ; qu'il maudissait la révolution ; qu'il haïssait les socialistes et les Juifs ; qu'il portait chacun de ses jours comme un joug douloureux sur sa nuque courbée et qu'il avait l'impression d'être enfermé dans son époque comme dans un cachot sans soleil. Aucun signe de délivrance ne l'appelait de l'extérieur, fuir était impossible.

Mais il ne disait rien, il avait toujours été taciturne, il avait toujours senti une main invisible devant ses lèvres, toujours, alors même qu'il était enfant. Il ne pouvait énoncer que ce qu'il avait appris par cœur, articulé mentalement une douzaine de fois et dont les sons étaient déjà tout prêts dans ses oreilles et dans sa gorge. Il lui fallait longtemps travailler pour mater les mots et leur faire prendre le pli de son cerveau. Il apprenait par cœur des récits entiers, comme des poèmes, et les phrases imprimées restaient devant ses yeux, comme s'il les lisait dans le livre, avec en haut le numéro de la page, et dans la marge, les graffiti crayonnés dans les moments de désœuvrement.

Chaque heure avait un visage inconnu. Tout le surprenait. Chaque événement le surprenait, simplement à cause de sa nouveauté, et passait sans qu'il ait eu le temps de l'enregistrer. Par timidité il apprit à être diligent, il s'appliquait, il prenait ses dispositions, il s'agitait avec ténacité, et finissait toujours par comprendre qu'il était encore insuffisamment préparé. Alors il décuplait son zèle, il parvint à se placer second en classe. Le premier était le Juif Glaser ; il se promenait, détendu et souriant, pendant les récréations, sans livres ni soucis, expédiait en vingt minutes une composition latine irréprochable ; le vocabulaire, les formules, les exceptions, les verbes irréguliers semblaient pousser dans sa tête sans qu'il eût le mal de les cultiver.

Le petit Efrussi ressemblait tant à Glaser que Theodor avait peine à manifester son autorité devant le fils du joaillier. Avant de faire une remontrance à son élève, il lui fallait réprimer une timidité sourde qui ne cessait de croître. Car le jeune Efrussi faisait des fautes avec une telle assurance, il semblait si sûr de ce qu'il énonçait que Theodor était prêt à douter du livre et à laisser passer une erreur à son élève. Et de tout temps, il en avait été ainsi. Theodor avait toujours reconnu l'autorité étrangère, toute autorité qui se dressait face à lui. Il n'y avait qu'à l'armée qu'il était heureux. Il était obligé de croire ce qu'on lui disait, et quand c'était lui qui parlait, les autres aussi devaient le croire. Theodor serait bien resté à l'armée pendant toute sa vie.

Tout autre était la vie civile, cruelle, perfide, pleine d'embûches dans des recoins obscurs. Tout labeur était vain, on gaspillait ses forces dans l'inconnu, on passait son temps à construire des châteaux de cartes qu'un coup de vent mystérieux jetait à terre. Aucun effort ne servait à rien, aucune application ne trouvait sa récompense. Aucun supérieur dont on aurait pu deviner l'humeur, soupçonner les désirs. Tous étaient des supérieurs, tous les gens dans la rue, les camarades d'amphithéâtre, même les mères et aussi les sœurs.

Ils avaient beau jeu, tous, les Glaser et les Efrussi : les uns étaient premiers en classe, les autres joailliers ou fils de riches joailliers. Il n'y a qu'à l'armée qu'ils n'étaient arrivés à rien — sergents, et encore. À l'armée, la justice triomphait de la duperie. Car tout n'était que duperie, la science malhonnêtement acquise de Glaser comme l'argent du joaillier. Il n'était pas normal que les soldats Cohn obtinssent des permissions et que les Efrussi fissent des affaires. La Révolution avait usurpé ses droits, l'Empereur était trompé, le Général berné, la République une affaire de Juifs. Theodor s'en rendait bien compte par lui-même, et l'opinion des autres renforçait ses propres impressions. Des cerveaux tels que Wilhelm Tieckmann, le professeur Kœthe, le maître de conférences Bastelmann, le physicien Lorranz, l'ethnologue Mannheim soutenaient que la race juive était une race nuisible et exposaient leurs arguments aux réunions du soir de la corporation des étudiants en droit et dans leurs livres qui étaient exposés à la salle de lecture de la « Germania ».

Le vieux Lohse avait souvent mis ses filles en garde contre les jeunes gens juifs quand elles allaient danser. Des exemples, il y en avait, des exemples ! Lui-même, le contrôleur des Douanes, il ne se passait pas quinze jours sans que des Juifs de Posnanie — les pires — n'essayassent de l'acheter. Pendant la guerre, ils avaient été déclarés inaptes et dispensés de service, on les avait placés comme gratte-papier dans les hôpitaux et dans les bureaux de l'arrière.

Au cours de droit, ils demandaient toujours la parole et inventaient des situations nouvelles devant lesquelles Theodor se sentait perdu et contraint à un travail inhabituel, désagréable, accaparant, acharné.

Ainsi ils avaient anéanti l'armée, ainsi ils étaient maîtres de l'État, ils inventaient le socialisme, l'absence de patrie, l'amour de l'ennemi. Il était écrit dans *Les Sages de Sion* — tous les membres de l'Amicale des officiers de réserve recevaient cet ouvrage en même temps que les légumes secs, le vendredi — qu'ils avaient l'ambition de dominer le monde. Ils tenaient les rênes de la police et poursuivaient les organisations nationales. Et il fallait éduquer leurs fils, vivre de leur argent, mal vivre — eux-mêmes, comment vivaient-ils ?

Ah ! Quel faste dans leur existence ! La maison, d'Efrussi était séparée du commun de la rue par une grille qui brillait comme de l'argent; une immense pelouse verte l'entourait. Le gravier avait un éclat blanc, plus clair encore était l'escalier qui menait à la porte, des tableaux dans des cadres d'or pendaient aux murs du vestibule, et un domestique en livrée vert et or recevait les visiteurs avec une profonde révérence. Le joaillier était grand et sec, toujours vêtu de noir; il portait un gilet noir très montant dont l'échancrure laissait apparaître une cravate d'un ton légèrement plus soutenu, ornée d'une perle grosse comme une noisette.

La famille de Theodor habitait un trois-pièces à Moabit; la plus présentable était meublée de deux armoires branlantes, le seul luxe était un dressoir, l'unique décoration ce surtout d'argent que Theodor avait tiré du château d'Amiens et caché au fond de sa malle, juste avant l'arrivée du commandant Krause qui était très strict et ne badinait pas avec ce genre de choses.

Non, Theodor ne vivait pas dans une villa derrière des grilles qui avaient l'éclat de l'argent. Et aucun grade ne pouvait plus le consoler de la misère de son existence. Il n'était qu'un petit précepteur aux espérances déçues, vidé de courage, mais dont l'ambition toujours vivante le torturait. Des femmes, avec une musique douce dans le balancement des hanches, comme un appel, passaient près de lui, inaccessibles, et pourtant il était fait, lui aussi, pour les posséder. S'il avait encore été sous-lieutenant, il les aurait possédées, toutes, même la jeune Mme Efrussi, la seconde épouse du joaillier.

Comme elle était lointaine; elle venait de ce grand

monde dans lequel Theodor avait failli déjà entrer. C'était une dame, juive, mais une dame. Il aurait fallu qu'il pût s'approcher d'elle dans l'uniforme d'un sous-lieutenant, et non pas en civil, avec des vêtements de précepteur. Une fois, du temps où il était sous-lieutenant, en permission à Berlin, il avait eu une aventure avec une dame. On pouvait déjà dire : une dame ; l'épouse d'un marchand de cigares dont l'affaire était dans les Flandres ; elle avait sa photographie dans la salle à manger ; elle portait des pantalons violets. C'étaient les premiers pantalons violets dans le destin viril de Theodor.

Et maintenant, que savait-il des dames ? Ses dames à lui, c'étaient les filles de quatre sous — l'amour froid, à la hâte, entre deux portes, dans l'obscurité, troublé par la crainte du retour imprévu d'un voisin —, le plaisir qui, surpris par un bruit de pas, s'éteignait brutalement dans la peur, comme la braise sur laquelle on jette un seau d'eau ; ses dames à lui, c'étaient les rustres filles du Nord aux pieds nus, les femmes aux mains osseuses et à la peau rêche, dont les caresses étaient râpeuses, le contact réfrigérant, le linge sale et les bas trempés de sueur.

Non, elle n'était pas de son monde, Mme Efrussi. En entendant sa voix, il pensait qu'elle devait être bonne. Personne ne lui avait jamais dit autant de belles choses si simplement et si amicalement. Vous comprenez cela à merveille, monsieur Lohse ! Est-ce que vous vous plaisez ici ? Vous sentez-vous à l'aise chez nous ? Oh ! oui, elle était bonne, belle, jeune. Theodor aurait aimé avoir une sœur comme elle.

Un jour, il sursauta en la voyant sortir d'un magasin. Brusquement, comme si tout devenait clair en lui, il se rendit compte à cet instant précis qu'il avait pensé à elle tout au long de sa route. Il fut effrayé en réalisant qu'elle vivait en lui, qu'il s'était arrêté contre son gré et sans s'en rendre compte, qu'il acceptait de profiter de sa voiture et que, pour un peu, il serait monté devant elle. Parfois, un virage le faisait tomber de son côté, il effleurait son bras et s'excusait promptement. Il n'entendait pas ses questions. Il concentrait toute son attention à ne pas se cogner une nouvelle fois contre elle. Et c'est pourtant ce qui toujours se produisait. Il se préoccupait à l'avance du moment où il faudrait descendre. Mais la voiture s'arrêta plus tôt qu'il ne l'avait prévu et il n'eut pas le temps de sortir avant elle pour l'aider et lui tendre la main. Il resta assis et ce fut elle qui dut attendre qu'il descendît ; le chauffeur portait déjà le paquet dont il avait eu l'intention de se charger lui-même. Son « au revoir » semblait venir du bout du monde quand il atteignit son oreille, mais son sourire était tout proche, vivant devant ses yeux ; comme si souriait le reflet d'une femme parlant dans le lointain.

Jamais il ne parviendrait jusqu'à elle, comment le ferait-il ? et le voulait-il vraiment ? Son désir était ardent, mais éteinte la confiance qu'il avait dans son pouvoir de conquête, maintenant qu'il n'était plus sous-lieutenant. Il aurait d'abord fallu qu'il le redevînt. Il voulait le devenir, sous-lieutenant, ou n'importe quoi d'autre. Mais ne plus rester dans l'obscurité et ne plus être obscur, ne plus être une brique dans un mur, anonyme au milieu des autres, ne pas être le dernier de ses camarades, celui qui devait écouter et rire quand ils racontaient des histoires et disaient des obscénités, ne plus être un isolé dans la foule, seul avec son vain rêve d'être une fois celui qu'on écoute, avec l'éternelle déception de celui que l'on n'écoute pas, que l'on tolère et que l'on aime pour son attention reconnaissante. Le croyaient-ils donc innocent et inoffensif ? Ils allaient voir. Ils allaient voir, tous ! Bientôt il sortirait de son trou obscur, victorieux, il ne serait plus prisonnier du temps, plus écrasé par le fardeau de ses jours. Quelque part, à l'horizon, éclataient des sonneries de fanfare.

CHAPITRE 2

Parfois son propre orgueil s'emparait de lui comme une force étrangère, et il avait peur des désirs qui le tenaient prisonnier. Mais dès qu'il sortait dans la rue, il entendait des millions de voix exotiques, des millions de taches colorées papillonnaient devant ses yeux, l'univers retentissait et resplendissait de trésors. Le vent portait vers lui la musique par les fenêtres ouvertes, le parfum suave des femmes qui se promenaient, la fierté et la force des hommes pleins d'assurance. Dès qu'il passait la Porte de Brandebourg, il rêvait du vieux rêve perdu, il entrait dans la ville, capitaine victorieux, à la tête de sa compagnie, monté sur un cheval blanc comme la neige, des milliers de femmes le regardaient, quelques-unes, peut-être, l'embrassaient, tout autour de lui déferlaient des cris d'allégresse, flottaient des drapeaux. Ce rêve, il l'avait porté en lui et nourri avec amour dès l'instant où il s'était engagé, il avait traversé les privations et les détresses de la guerre. C'était lui qui avait adouci les insultes blessantes de l'adjudant au champ d'exercice, la faim pendant les longues journées de marche, la douleur brûlante dans les genoux, les arrêts dans la cellule obscure, la blancheur atrocement étourdissante de la neige pendant les nuits de garde, le gel qui piquait le bout des pieds.

Le rêve bouillonnait en lui et s'apprêtait à faire éruption, telle une maladie qui, longtemps invisible, couve dans les articulations, les nerfs, les muscles et s'immisce dans tous les vaisseaux du corps, à laquelle on ne peut échapper à moins de s'échapper à soi-même. Et grâce à cette puissance obscure qui avait déjà aidé Theodor plus d'une fois et lui avait appris qu'une circonstance extérieure venait toujours au dernier moment favoriser l'accomplissement des désirs qui le tourmentaient, il se trouva qu'il fit chez Efrussi la connaissance du Dr Trebitsch.

Pendant le premier quart d'heure de leur rencontre, le Dr Trebitsch parla inlassablement, et sa longue barbe blonde qui tombait en mèches souples, plus foncées et moins fournies sur les bords, montait et descendait régulièrement devant les yeux de Theodor et distrayait son attention. Les paroles de l'homme au collier blond coulaient comme un doux murmure, quelques-unes s'imprimaient un instant dans l'esprit de Theodor et s'effaçaient aussitôt. Jamais encore Theodor n'avait vu un barbu d'aussi près. Il fut brusquement arraché à son engourdissement en entendant prononcer un nom. C'était le nom du prince Heinrich. Et avec l'instinct d'un homme qui tombe par hasard sur un vestige de sa splendeur passée et le serre convulsivement contre son cœur pour le sauver, Theodor s'écria : « J'ai été sous-lieutenant dans le régiment de Son Altesse le prince Heinrich ! »

« Le prince sera enchanté », dit le Dr Trebitsch, et cette fois, sa voix n'était plus lointaine, mais très très proche.

La fierté, comme si c'était une substance palpable, emplit la poitrine de Theodor et fit bomber sa chemise amidonnée.

Ils se rendirent en voiture au cercle militaire. Theodor était assis sur la banquette, tout autre qu'une semaine auparavant, alors qu'il était en compagnie de Mme Efrussi. Il n'essayait plus de se faire tout petit, il n'était plus coincé entre la portière et le coussin du dossier. Il s'étalait. Il sentait à travers son manteau, sa veste et son gilet la fraîcheur enveloppante du cuir. Il appuyait ses pieds contre le siège avant. Le cigare emplissait le coupé d'un parfum de bien-être, de confort et d'abondance. Theodor ouvrit la fenêtre et respira l'air froid et vif de mars avec la volupté d'un homme tout pénétré de chaleur.

On but de l'eau-de-vie et de la bière, la soirée faisait penser aux fêtes qui étaient organisées naguère pour l'anniversaire de l'empereur. Le comte Straubwitz, du régiment de cuirassiers, fit un discours. On poussa un triple hourra. Quelqu'un raconta des anecdotes de la guerre. On avait fait asseoir Theodor à côté du prince. Pas un seul instant il ne quitta Son Altesse des yeux. Il ne faisait pas attention à son autre voisin. Il s'agissait d'être prêt à tout moment à répondre à une question du prince. Theodor n'oubliait pas une minute que maintenant enfin, il pouvait saisir l'occasion de réaliser une partie de son rêve. Était-il encore le petit précepteur inconnu d'un enfant juif? Le prince ne le connaissait-il pas? Et tous les messieurs qui étaient assis autour de la table, ne le connaissaient-ils pas ? Et bien que Theodor n'eût pas l'habitude de boire et que l'alcool engourdît peu à peu son sens des réalités, il était encore assez lucide et assez sûr de lui pour tendre au prince une serviette, un verre ou du feu chaque fois qu'il le fallait.

Lorsque le prince l'engagea à raconter cette fameuse bataille de Stojanowics à laquelle son régiment avait participé avec tant de mérite, Theodor commença à parler, au hasard, un peu plus haut qu'il n'en avait l'habitude. Tout alla très bien pendant un moment, jusqu'à ce qu'il se rendît compte qu'il avait commencé son histoire sans bien savoir quel en était le dénouement. Il s'arrêta et fut impressionné par le grand silence attentif qui l'entourait. Il se souvenait que les derniers mots qu'il avait prononcés étaient : « le capitaine von der Heidt. » « Ce capitaine, donc... », poursuivit Theodor, mais il ne trouvait plus la fin de sa phrase. « Vive le capitaine von der Heidt ! Hourra ! », interrompit le Dr Trebitsch, et l'on fit fête au capitaine von der Heidt.

Il apparut alors que le prince et Theodor prenaient le même chemin pour rentrer chez eux, et ils partirent ensemble en voiture. Theodor bavarda pendant tout le trajet. Il pensa à Mme Efrussi et parla d'elle au prince. Il voyait ses grands yeux verts. Ses épaules. Il lui enlevait ses vêtements, elle se trouvait devant lui en jupons. Elle portait des pantalons violets. Il racontait au prince tout ce qu'il voyait, faisait, ressentait. « Je lui enlève sa chemise, disait Theodor, Son Altesse doit savoir, elle a des tétons bruns... je mords le bout de ses seins durs. »

« Vous êtes un garçon épatant », dit le prince.

Plus tard encore, il prononça ces mots, alors qu'ils étaient assis dans le salon et buvaient du café et des liqueurs. Ils étaient assis si près l'un de l'autre que leurs cuisses se touchaient. Le prince saisit la main de Theodor et la serra. Et tout à coup, Theodor se retrouva nu, le prince Heinrich de même. Le prince a une poitrine velue et des jambes toutes minces. Ses orteils sont légèrement tordus. Theodor a baissé la tête et, bien que cela lui soit pénible, il doit contempler les orteils. Il pense qu'il serait déjà beaucoup moins gênant de regarder le prince en face. Le visage, pense-t-il, est la seule partie du corps du prince qui ne soit pas dévêtue. Le prince appuie sur un ballon en caoutchouc qui répand dans l'air une fraîche bruine.

Theodor aperçoit pour la première fois dans un trumeau sa propre nudité. Il peut constater qu'il a la peau blanche, faiblement rosée, des jambes potelées, des seins légèrement bombés dont les bouts très apparents ressemblent à deux minuscules coupoles rouge foncé.

Theodor est étendu sur la peau d'ours, moelleuse et chaude, il sent tout près de lui la respiration oppressée et bruyante du prince Heinrich. Le prince plante ses dents dans la chair de Theodor. Les piquants de sa barbe le grattent, les poils frisés de sa poitrine et de ses jambes le chatouillent.

Il s'éveilla dans la pénombre d'une chambre, et son premier regard tomba sur un grand portrait à l'huile du prince accroché au mur. Il revit avec effroi tous les événements de la nuit. En vain lutta-t-il contre eux. Il essaya de les effacer. Rien de tout cela n'avait jamais existé. Il se mit à penser à toutes sortes de sujets éloignés. Il conjugua un verbe grec. Mais les souvenirs de sa récente aventure l'assaillaient, envahissants comme une nuée de moucherons. Il descendit lentement l'escalier et répondit au salut d'un vieux domestique respectueux. Déjà, le tintement aigu des tramways annonçait que le monde était proche.

Ah ! se rapprocher de ce monde dont les richesses et les trésors retentissaient et scintillaient par millions. Il sentait la rue, la démarche des femmes, la musique dans le balancement de leurs hanches, la fière assurance des hommes qui avançaient d'un pas ferme, et au milieu de tout cela, sa pauvre petite médiocrité.

Il allait quitter la maison, plus misérable que jamais. Il en avait toujours été ainsi, il devait battre en retraite, vaincu, alors même qu'il s'imaginait être le plus fort, abandonné sur des chemins descendants chaque fois qu'il essayait de s'élever. Il ne voulait pas lâcher pied, il voulait rester. Et il resta planté devant le vieux domestique respectueux et demanda à voir le prince.

Le prince Heinrich avait les pieds dans une bassine sous la table et prenait son petit déjeuner. « B'jour, Theo ! », dit le prince ; et il laissa Theodor debout.

Theodor s'approcha tout près de la table et regarda le prince.

Le prince cassait un œuf après l'autre et faisait tomber les jaunes dans un verre.

« Assieds-toi », dit-il enfin. Et, comme s'il venait seulement d'y penser : « Déjà déjeuné ? », et il poussa du côté de Theodor les œufs, le beurre et le pain.

Ce repas rendit des forces à Theodor. Il mangea en silence, une paix sereine et bienfaisante se répandait en lui.

Et tout à coup, comme si sa langue se dégageait subitement de toute retenue, sa question passa comme une flèche par-dessus la table : le prince n'avait-il pas besoin d'un secrétaire.

Le prince Heinrich inclina la tête, il y avait longtemps qu'il attendait cette question. Il écrit quelque chose sur sa carte de visite : « Trebitsch », dit le prince, rien de plus. Et quand Theodor se lève : « B'jour. »

Et Theodor quitte la maison, il traverse le parc zoologique dans la fraîcheur de mars, il s'imprègne du bleu du ciel et du premier gazouillement des oiseaux, et il sait qu'il monte vers les sommets bien que la route soit plate. Il sait qu'il faut en passer par des abîmes et qu'il doit apprendre à oublier. Il veut écarter les souvenirs gênants de la nuit passée. Les rayons bleus du matin l'ont déjà engloutie.

CHAPITRE 3

Trebitsch présida à son initiation; sous la lumière solennelle des cierges, Theodor prêta longuement serment, apposa son nom au bas d'une feuille de papier dont il avait à peine lu le contenu, sa main reposa pendant deux minutes dans la patte velue d'un homme que l'on appelait le détective Klitsche; il portait, au-dessus d'un petit morceau d'oreille atrophié ou déchiqueté par une balle, une mèche de cheveux bien lissés qui ne suffisait pas à le dissimuler; il devait être désormais le supérieur de Theodor. Theodor était maintenant membre d'une organisation, d'une communauté dont il ignorait le nom; il ne connaissait que trois choses de cette puissance mystérieuse, une lettre et un chiffre — la lettre S et le chiffre II — et la ville où se trouvait son siège — Munich. Il devait attendre des instructions de Klitsche, écrites ou orales; le mot d'ordre était : obéissance en toutes circonstances, et aussi : discrétion; la trahison était punie de mort, un mot prononcé à la légère de destitution.

Les choses allaient trop vite au gré de Theodor et à l'encontre de son tempérament posé. Devant une situation si nouvelle pour lui, il se trouva pris à l'improviste et en fut effrayé. Il avait peur de la lumière des cierges et de la résonance de ses paroles, de la griffe de son supérieur, et il sentait la mort toute proche, comme s'il était déjà devenu traître et condamné pour tel. Il avait toujours bien dormi, il rêvait rarement la nuit, et quand cela arrivait c'étaient toujours des rêves rassurants. Avant de s'endormir, il songeait aux belles images du futur, même si la journée écoulée n'avait rien qui l'y prédisposât. Depuis cette matinée dans le bureau du Dr Trebitsch, il ne rêvait que de cierges qui brûlaient, jaunes, dans la lumière du jour. Le plus atroce était de penser qu'il n'y avait pas d'issue et qu'il ne pouvait plus revenir en arrière, retrouver la tranquillité anonyme d'une existence de précepteur qui était liberté. Quels ordres l'attendaient ? Le meurtre, le vol, l'espionnage aventureux ? Combien d'ennemis le guetteraient, le soir, dans les rues obscures ? Déjà il sentait que sa vie n'était plus en sûreté.

Mais aussi, quels avantages pouvait-il tirer ! Je fais éclater le temps qui me tient prisonnier, le cachot sans soleil de cette existence, je secoue le joug oppressant de ces jours, je m'élève, je fracasse les portes closes, moi, Theodor Lohse, qui suis un homme en danger, mais moi-même un danger, plus qu'un sous-lieutenant, plus qu'un vainqueur avançant sur son cheval entre des haies de saluts, sauveur de la patrie, peut-être. En cette époque, la fortune sourit aux audacieux.

Quelques jours plus tard, il reçut son premier ordre — donner sa démission à Efrussi — et en même temps un premier chèque, d'un montant fantastique,

portant la signature d'Heinrich Meyer, payable à la Dresdner Bank. Jamais Theodor n'avait eu autant d'argent; en un clin d'œil, la propriété métamorphosa sa démarche, son air, son attitude, sa vision du monde. C'était par une claire soirée d'avril, les filles portaient des vêtements légers, leurs seins étaient pleins de vie. Toutes les fenêtres étaient ouvertes aux façades des maisons. Des moineaux gazouillaient et sautillaient entre des tas de crottin jaune. La rue souriait. L'allumeur de réverbères portait déjà sa blouse blanche d'été. Aucun doute, le monde rajeunissait. Les derniers rayons de soleil tremblotaient dans de petites flaques de purin. Les filles souriaient et semblaient être d'un abord facile. Il y en avait des blondes et des brunes et des noires. Mais cette distinction n'était que toute superficielle. Les filles aux hanches larges sont celles que Theodor préfère. Il aime trouver dans la femme un refuge, une terre familière. Il veut après l'amour une tendresse maternelle, immense, profonde et bienveillante. Il veut nicher sa tête entre deux seins, chauds et bons.

Un jour pareil, il devait être facile de donner sa démission à Efrussi. Il y avait deux ans, jour pour jour, qu'il était entré dans la maison, et désormais, il ne verrait plus la jeune Mme Efrussi. Il pensait à elle comme à un paysage que l'on a aperçu de loin, une fois, et dans lequel il était impossible de s'attarder.

Il aurait peut-être pu écrire une lettre de démission — et alléguer un prétexte quelconque. Il était entièrement accaparé par ses examens. Mais cela n'aurait pas été un simple mensonge, ç'aurait été de la lâcheté, il aurait manqué l'occasion de dire à cet Efrussi qu'il haïssait la vérité qu'il avait longtemps, désespérément retenue : « Monsieur Efrussi, je suis un Allemand pauvre, vous êtes un Juif riche. C'est trahison que de manger le pain d'un Juif. »

Mais Theodor ne parla pas ainsi au noir et sec Efrussi dont le visage évoquait le portrait d'une vieille femme aux traits sévères. Theodor dit seulement :

« Je voudrais vous dire quelque chose, monsieur Efrussi.

— Je vous en prie, dit Efrussi.

— Je suis précepteur dans votre maison depuis déjà deux ans...

— Je vais vous augmenter, interrompit Efrussi.

— Non, dit Theodor, au contraire, je veux prendre congé.

— Pour quelle raison ?

— C'est que, M. Trebitsch, n'est-ce pas... »

Efrussi sourit : « Voyez-vous, monsieur Lohse, je connais Trebitsch depuis bien longtemps déjà. Son père était une relation d'affaires de mon père. Il avait une situation importante dans son entreprise. Son fils aurait mieux fait de continuer à s'occuper de l'affaire. Je connais les enfantillages du Dr Trebitsch. Vous êtes le troisième précepteur qu'il me prend. C'est un doux maniaque.

— C'est un ami de Son Altesse le prince Heinrich.

— Certes, dit Efrussi, chacun sait que le prince a beaucoup d'amis.

— Que voulez-vous dire par là ? J'ai été sous-lieutenant dans le régiment du prince.

— Le régiment du prince s'est conduit vaillamment, sans nul doute. Au reste, j'ai en très grande estime les princes en général, mais ce prince en particulier fort peu. Mais cela n'a rien à voir ici...

— Mais, dit Theodor, sans comprendre la dernière phrase d'Efrussi, vous êtes juif !

— Vous ne m'apprenez rien. — Efrussi souriait —. Trebitsch aussi est juif, sans vouloir me comparer avec lui. Mais je vous comprends, je lis les journaux des nationaux. Il m'arrive même de faire passer des annonces dans la *Deutsche Zeitung. Vous* ne voulez donc plus faire l'éducation de mon fils. Voici vos derniers appointements. Prenez-les, surtout, que rien ne vous retienne. Cela vous est dû. »

Theodor les prit. Refuser aurait prolongé la discussion. Du reste, cet argent ne lui était-il pas réellement dû ? N'avait-il pas déjà derrière lui presque trois semaines du mois en cours ? Il prit, s'inclina et s'en fut. Et il ne sut pas qu'Efrussi téléphonait au commandant Pauli du bureau de la place et se plaignait d'avoir perdu son précepteur : « Votre propagande va un peu loin ! », dit Efrussi. Et le commandant s'excusa.

Theodor a rempli sa première mission. Son cœur saigne. Il ne verra plus jamais Mme Efrussi.

Et il lui semble qu'il vient seulement alors de prononcer son long et retentissant serment. Cette démission était comme une porte claquée avec un fracas de tonnerre, le bout d'un chemin, le terme d'une vie.

CHAPITRE 4

Trois jours, trois nuits, Theodor profita de son argent. Il décida de ne pas s'amuser à tort et à travers et de faire un choix dans ses plaisirs. Il coucha avec des filles de la rue et avec d'autres qui coûtaient plus cher et attendaient dans les bistrots. Il but du vin qui n'était même pas bon et des liqueurs douceâtres qui lui torturèrent l'estomac ; il essaya d'en chasser le goût écœurant en avalant du cognac. Il dormit dans des auberges sordides et s'aperçut peu après que, pour le même prix, il aurait pu s'acheter tous les raffinements paradisiaques d'un grand hôtel. Il sortit une fois avec ses camarades, leur paya quelques tournées, et on se moqua de lui. Chaque nouvel échec, quand il tentait de se divertir avec prodigalité, aiguillonnait son ambition et, dans l'ivresse, seule la peur de la mort qui le menaçait l'empêchait de livrer son secret et refrénait désespérément les mots derrière ses lèvres rebelles : moi, Theodor Lohse, je suis membre d'une organisation secrète.

Comme ils l'admireraient, s'ils savaient ! Mais vivre dans le secret, dans l'incognito, lui procurait une satisfaction presque aussi vive que si on l'avait admiré. Il était à même de tirer les fils invisibles auxquels étaient accrochés — il l'avait lu dans les journaux — les ministres, les magistrats, les hommes d'État, les députés. Et il portait toujours les vêtements anodins d'un étudiant et d'un précepteur. Il passait près d'un policier sans être reconnu. Personne ne se rendait compte qu'il était dangereux. Parfois il se plaisait à redoubler de discrétion ; il entrait pour quelques minutes dans un corridor obscur et il s'imaginait qu'il surveillait quelqu'un sans être lui-même remarqué. Il se préparait à sa mission en remplissant une tâche imaginaire. Il entrait dans un ministère quelconque et demandait au portier un nom au hasard, il lisait la liste des employés par-dessus l'épaule du portier et s'en allait content. Il commença à s'occuper de choses qui ne l'avaient jamais intéressé. Il achetait des journaux révolutionnaires, il allait à la rédaction de la *Rote Fahne* pour y remettre une annonce sans importance et regardait s'il serait facile de l'attaquer. On pouvait être content de lui. Il était déjà au courant des choses importantes pour le moment où une mission lui serait confiée.

Plein de cette bouillante ardeur avec laquelle il s'était autrefois engagé, il entreprenait des tâches dont on ne l'avait pas encore chargé, des travaux qu'on ne lui avait pas demandés. Bien sûr, au régiment c'était plus facile parce que plus sommaire. On connaissait parfaitement le chef de chambrée, l'instructeur, le sergent et l'adjudant. Ici, on tâtonnait dans l'obscurité. Fallait-il mettre son activité au service de Trebitsch ou la consacrer au détective Klitsche ? Qui pouvait s'y retrouver ?

Theodor marchait dans les rues sans but déterminé, plein d'un enthousiasme qui, sans trêve, tournait à vide. Il ressentait la nécessité de concrétiser son zèle, de remporter des victoires effectives. Il s'arrêta devant la vitrine d'un photographe Unter den Linden. Un portrait en couleurs du général Ludendorff, chef-d'œuvre de l'artiste, y était exposé.

Theodor s'était toujours efforcé d'établir des contacts avec les grands et les plus grands. À l'école, déjà, il était parvenu en faisant preuve de zèle et de respect à ce que le professeur lui accordât la faveur d'une mission personnelle pendant les récréations. Pendant la guerre, il était devenu en quelques mois l'ordonnance du colonel. Et en voyant le portrait de Ludendorff, il lui vint à l'esprit d'appliquer sa vieille méthode et de se mettre en rapport avec le général. Son cœur palpitait, son sang battait aux tempes, tout comme s'il se trouvait devant le général en chair et en os et non devant une photographie. Alors Theodor se rendit dans un café et écrivit à Ludendorff une lettre pleine de respect qu'il adressa à Munich, sans plus de précision, confiant dans la popularité du général et dans la sûreté des services postaux.

Or il advint que Theodor reçut effectivement une réponse du général. Il lisait et se sentait grandir à chacun des mots, brefs et métalliques. « Mon cher ami, écrivait le général, vous me plaisez. Travaillez sans relâche avec l'aide de Dieu pour la liberté et pour la patrie. Votre Ludendorff. »

Theodor lisait la lettre dans le train, dans les stations, aux cours et pendant les repas. Dans les rues, au beau milieu de la cohue, il était saisi de l'envie de la relire. Il se dirigeait alors vers l'un de ces petits bancs au bord d'une pelouse, sur lesquels il ne s'était jamais assis, méprisant ces sièges plébéiens occupés par des gens de basse souche. À présent, il était à des lieues de ces gens avec qui il partageait le même banc. Il lisait la lettre et reprenait sa route pour s'asseoir à nouveau dix minutes plus tard.

Theodor trouvait toujours un sens nouveau aux lignes du général, comme un pieux exégète de la Bible dans le texte de l'Écriture Sainte. Il fut bientôt convaincu que Ludendorff était au courant de l'entrée de Theodor Lohse dans l'organisation secrète. Trebitsch devait l'en avoir informé. Theodor n'était-il pas un ami personnel du prince ? Huit jours s'étaient écoulés entre le moment où il avait envoyé sa lettre et celui où il avait reçu la réponse. Ludendorff s'était donc renseigné à Berlin. « Mon cher ami ! » écrivait le général. C'est ainsi que l'on parle à un homme qui promet plus qu'il n'a déjà donné.

Theodor se rendit à la *Germania* ; dans la salle de lecture, le germaniste Spitz tenait une conférence sur les problèmes des races. Wilhelm Tiedemann et d'autres membres de la corporation des étudiants en droit étaient là. Theodor fit d'abord lire la lettre à Tiedemann. Il pouvait s'en remettre à son jugement. Et Tiedemann, tout comme Theodor, fut persuadé que Ludendorff devait connaître depuis longtemps l'existence de son nouvel ami.

Tous furent de cet avis, tous étaient ses amis. Tous les yeux débordaient de sympathie pour lui. Il entendait chaque cœur palpiter, et ces battements de cœur parlaient le langage de l'amitié. Il les invita. Il passa son bras autour des épaules de Tiedemann. Il paya à boire. On trinqua à sa santé. Il parla beaucoup et pensa plus encore. En s'en allant, il emportait avec lui le souffle fracassant de ses propres paroles.

Le lendemain matin, il fut convoqué par le détective Klitsche. Il n'avait pas à écrire de lettres. Tout au moins pas à Ludendorff. Encore moins aurait-il dû en parler. Il n'était pas le seul membre de la corporation des étudiants en droit à faire partie de l'Organisation, et chacun des mots qu'il avait prononcés la veille avait été rapporté à Klitsche.

« Donnez-moi cette lettre ! » dit Klitsche.

Theodor rougit. Des cercles de feu tournoyaient devant ses yeux. D'un seul coup, il était le petit engagé, dans la cour de la caserne. Il se mit au garde-à-vous. Il était un petit engagé, avec l'espoir d'un galon de caporal.

Il donna la lettre. Klitsche la rangea. Il commanda :

« Déshabillez-vous. »

Et Theodor se déshabilla. Comme si cela était tout naturel, il se déshabilla. Il pensait qu'il devait obéir à Klitsche.

Puis, lentement et impassiblement, il se rhabilla, aussi lentement et impassiblement que le matin dans sa chambre, que tous les jours.

Dans les rues, c'était le printemps, des oiseaux gazouillaient avec exubérance, les clochettes des tramways sonnaient, l'air était bleu, les femmes portaient des vêtements légers.

Theodor aurait voulu être malade, être un petit garçon et garder le lit. Il but dans des estaminets de bas étage et coucha avec des filles de la Potsdamer

Platz parce que ses fonds étaient en baisse. Et quand il n'eut plus rien, il ressentit mille fois plus fort les bruits et les couleurs de la rue et sa propre médiocrité. Et il oublia sa visite chez Klitsche, tout comme il avait enfoui le souvenir de sa nuit chez le prince Heinrich. Le chemin était en pente et traversait des bas-fonds.

CHAPITRE 5

En attendant, son chemin conduisait à la demeure du peintre Klaften.

Theodor s'appelait Friedrich Trattner et était un camarade de Hambourg. Chez Klaften il vit des tableaux modernes, des fanfaronnades tonitruantes de couleurs, des jaunes, des violettes, des rouges. On avait mal aux yeux quand on les détachait du tableau, comme si l'on avait regardé le soleil. Theodor dit : « Magnifique ! »

Son admiration satisfaisait tout le monde et lui tenait lieu d'identité. On l'appelait camarade Trattner. Il portait son nouveau nom avec ferveur. Lui, que chaque situation nouvelle surprenait et pouvait ébranler, il en créait maintenant de lui-même, il inventait des évasions aventureuses, des fuites brutales devant des mouchards qui surgissaient de l'ombre, des escarmouches avec la police et les étudiants.

Theodor entrait dans la peau de Friedrich Trattner. Au travers de ce personnage qu'il jouait, il acquérait prestige et autorité. C'était comme le grade de caporal à l'armée ; il fallait l'assumer jusqu'au bout avant d'aller plus loin. On en avait bientôt fini. On se donnait du mal pour le mériter, mais seulement afin de pouvoir y échapper.

Theodor fit la connaissance de nouveaux personnages. Le Juif Goldscheider qui prêchait le Bien et citait le Nouveau Testament à tout bout de champ. Était-il bolchevique, ou seulement juif ? Goldscheider parlait lui-même de son passage dans des asiles d'aliénés. Sans doute, il était un peu fou. Il tenait parfois des propos obscurs. Les autres faisaient semblant de comprendre.

C'était une communauté bien innocente de jeunes gens pauvres, sans feu ni lieu. Klaften leur donnait le gîte et un café. Le peintre, lui, vivait en vendant des tableaux démodés que le beau monde qualifiait de pacotille. Theodor les tenait pour les meilleures œuvres de Klaften.

Theodor entendait les imprécations des jeunes gens. Ils voyaient tout proche le jour de la grande révolution. Ils maudissaient les ministres et les députés socialistes que Theodor avait toujours pris pour des communistes. Il ne s'entendait pas à de telles subtilités.

Le peintre Klaften fit le portrait de Theodor. Sa propre image lui fit peur. Il lui semblait regarder dans un miroir redoutable. Son visage était rond, rougeaud, le dessus du nez, large et plat, laissait à peine saillir l'os. La bouche était large et lippue. Dans la réalité, la petite moustache cachait la lèvre, mais pas sur le tableau. On aurait dit que le peintre l'avait rasée, et pourtant il l'avait bien peinte comme le reste.

Il est raté, pensa Theodor. Le tableau était accroché dans la pièce et le trahissait. Tous ceux qui voyaient le portrait se taisaient et observaient Theodor à la dérobée. Il se sentait presque démasqué et il se serait enfui si le jeune communiste Thimme n'était arrivé.

Thimme avait emmagasiné de l'écrasite dans la cave d'un cabaretier dont il était sûr. Il voulait la faire exploser au service de la révolution. Il disait qu'il fallait accomplir un nouvel acte révolutionnaire, et tous acquiescèrent, à la grande satisfaction de Theodor.

Theodor écoutait de toutes ses oreilles. Il aurait voulu avoir mille bras. Il se rappelait cette araignée, pendant les grandes vacances, du temps de son jeune âge ; il l'avait nourrie chaque jour de mouches qu'il attrapait ; il attendait en retenant sa respiration le moment où la bête approcherait à petits pas rapides et regarderait tout autour d'elle pendant quelques secondes avant la charge fatale qui était élan, saut et chute dans un seul mouvement.

Ainsi se tenait-il à son tour, aux aguets et prêt à bondir. Il haïssait ces hommes, il ne savait pas pourquoi et s'alléguait à lui-même les motifs de sa haine. C'étaient des socialistes, des apatrides, des traîtres. Ils étaient en son pouvoir. Il tenait en son pouvoir cinq, six, dix hommes. Il avait à nouveau de l'autorité sur les hommes, lui, Theodor Lohse, le précepteur, l'étudiant en droit, humilié par le détective Klitsche, abusé par le prince, trahi par ses camarades. Tous voyaient ses yeux en feu, ses joues empourprées. Il regardait Thimme, le jeune Thimme, affamé ; c'était un souffleur de verre visiblement atteint par la tuberculose et portant la mort sombre dans ses orbites creusées. Il regardait Thimme comme sa proie, son sujet, sa propriété.

Il savourait son anonymat comme une nourriture délectable. Il se mettait dans un coin obscur. Il écarquillait les doigts dans les poches de son pantalon. Il penchait le buste en avant. Il prenait sans s'en rendre compte la pose de son araignée aux aguets.

Ils discutaient de l'objectif de l'attentat. Les uns en voulaient au Reichstag, d'autres à la police. D'autres encore suggéraient l'église commémorative Kaiser-Wilhelm. Goldscheider était debout, les bras en croix, il les suppliait et les conjurait de renoncer à l'écrasite. Il avait ôté ses lunettes, et son visage barbu, empreint de détresse et de désespoir, semblait implorer le salut.

Qui d'entre eux devait passer à l'exécution ? Ils décidèrent de s'en remettre au sort. Le sort désigna Goldscheider.

Theodor partit. Tard dans la nuit, il quitta la maison et se rendit chez Trebitsch. Il passa par le jardin zoologique frémissant d'ombres et de murmures. Il traversa vivement la dernière allée en rasant les arbres, comme s'il était poursuivi. Il ne voulait éveiller personne. Il lança un caillou contre la fenêtre éclairée de Trebitsch. Il entra et garda l'œil sur la porte. Il parla d'un danger immense auquel il était exposé. Des espions l'avaient poursuivi jusqu'ici, des espions communistes ; il avait dû sauter dans un bus en cours de route. Ils flairaient en lui celui qu'il était vraiment. Ils se doutaient déjà qu'il ne s'appelait pas Trattner. Et à mesure qu'il racontait, sa peur grandissait. Il ne mentait plus de propos délibéré, mais il dépeignait les représentations de son esprit inquiet. Écrasite! dit-il à voix basse, en regardant du côté de la porte.

Il ne fallait pas les déranger, disait Trebitsch, calme et souriant comme toujours. Il passait dans sa barbe ses doigts écartés comme un peigne. Après l'attentat — et c'était à souhaiter qu'il réussît —, il faudrait appeler la police.

Vers quatre heures du matin, Theodor retourna chez le peintre Klaften. Ils étaient tombés d'accord sur la Colonne de la Victoire. Deux d'entre eux allèrent chercher l'écrasite avec un fiacre. Thimme perça un trou dans la petite caisse. Thimme, Theodor et Goldscheider se rendirent à la Colonne de la Victoire. Thimme et Theodor attendirent à une bonne distance. Puis, Goldscheider arriva. Ils marchaient, tous les trois, silencieux et sévères.

Un quart d'heure après que Goldscheider eut allumé la mèche, Theodor alerta la police : un accident allait arriver dans quelques minutes. À droite, derrière la grille qui entourait la Colonne de la Victoire, il y avait de l'écrasite.

Puis Goldscheider regagna la maison de Klaften — la police l'arrêta et lui passa les menottes, rapidement et sans bruit. Ses amis sortirent de la chambre, enchaînés deux par deux. À côté du commissaire se trouvait Trattner, le camarade Trattner.

Ils lui crachèrent au visage, tous ensemble, comme sur commande, avant qu'on eût pu les empêcher.

Theodor essuya le crachat avec son mouchoir. Il riait. Un rire bref, fort et grave. Il résonnait presque comme un cri.

Les lampes aveuglantes des policiers s'éteignirent dans le couloir. On entendait, venant de la rue, le pas régulier des prisonniers et le léger bruit métallique des menottes qui s'entrechoquaient.

CHAPITRE 6

Les nouvelles à sensation s'étalaient à la une des journaux : un membre du Secours technique déjoue un attentat communiste. Le nom de Theodor Lohse fut cité plusieurs fois. On le félicita. À la corporation des étudiants en droit, Theodor était devenu un hôte rare. Il n'allait plus aux cours. Cela avait bien le temps.

Depuis qu'il avait été cité à l'ordre de l'armée, il n'avait plus jamais vu son nom imprimé. À présent, il tombait sur son exploit dans tous les journaux. Quelqu'un du *Nationaler Beobachter* vint le voir — un petit homme mince qui, en parlant, n'arrêtait pas de tripoter les objets qui se trouvaient sur le bureau. Il invita Theodor à lui apporter sa collaboration, mais lui fit remarquer que le budget du journal ne permettrait malheureusement pas de le rétribuer.

Quelle importance ? Theodor reçut de l'argent de Trebitsch, un peu moins que la première fois. Et la somme se réduisit encore de moitié quand Klitsche eut réclamé sa part. C'était lui qui avait indiqué à Theodor le peintre Klaften ! C'était lui, Klitsche, qui, dans son amitié désintéressée, avait cédé l'affaire à

Theodor. Klitsche est assis à son bureau, sans veste ni gilet, le col ouvert, et il a l'air encore plus imposant qu'à l'ordinaire. On voit le périmètre impressionnant de son cou avec les fibres gonflées de ses muscles, et la force contenue de ses poings immobiles sur la table. Sa longue mèche de cheveux avait glissé et laissait apparaître les restes rabougris du pavillon de son oreille, un petit bout de cartilage érubescent avec des replis minuscules et ratatinés.

Theodor marchanda avec animosité, il voulait bien lui donner un tiers, mais Klitsche recula sa chaise d'un mouvement brusque, comme s'il voulait se mettre debout. Il ne se leva pas, il resta assis sur sa chaise repoussée en arrière, le buste penché en avant, ses poings vigoureux crispés au rebord du bureau — une bête tapie ; et Theodor lui donna la moitié.

Alors il se promena dans les rues, s'arrêta devant une vitrine et s'acheta une paire de bottes. Il lui semblait avoir grandi, comme s'il avait sous les pieds un sol nouveau, surélevé.

Vers la fin de l'après-midi, le chant des oiseaux était émouvant et appelait la nuit; il aborda une fille habillée en blanc. Dans le courant de la soirée, il entra dans un dancing, fut jaloux parce que la fille dansa trois fois de suite avec un monsieur de la table voisine et but un champagne acide. La fille — elle n'était pas de celles-là — réclama un bon hôtel ; Theodor dut louer deux chambres. Il lui fallut la laisser seule pendant un quart d'heure, puis il frappa à sa porte, tendit l'oreille, refrappa et ouvrit. La fille avait disparu.

Il avait plus de chance auprès de ces jeunes femmes sans chapeau, vêtues de chemisiers tout simples et de vestes élimées, qui se contentaient d'une séance de cinéma. Il prenait garde à ce que ces petites diversions ne se transformassent pas en liens d'amitié ; par principe, il ne se rendait jamais à un rendez-vous.

Il était content de lui, et convaincu que sa force de caractère et ses dons personnels lui avaient permis de faire en peu de temps ces quelques progrès.

Il pensait avoir trouvé la seule activité pour laquelle il était fait. Il était fier de son talent pour l'espionnage qu'il qualifiait de « diplomatique ». Son intérêt pour les affaires criminelles grandissait. Il passait des heures entières au cinéma. Il lisait des romans policiers.

Le portrait qu'avait fait le peintre Klaften vivait encore en lui. Il essayait de le faire mentir. Il cherchait par tous les moyens à rendre sa moustache plus touffue. Il s'acheta des vêtements neufs ; il portait maintenant un complet marron clair, ou un autre écossais vert tendre, et une petite croix gammée en or épinglée sur une cravate en soie rayée.

Il se procura toutes sortes d'armes, des couteaux de chasse et des poignards, un casse-tête en cuir, un pistolet, une matraque. Comme le détective Klitsche, il ne sortait jamais sans revolver, il voyait dans chaque passant un espion communiste. Il savait bien qu'il n'était pas suivi. Mais il l'oubliait, surtout lorsqu'il venait de voir un drame policier. L'idée d'être suivi chatouillait sa vanité ; il s'imaginait donc qu'il l'était.

Lui, à qui naguère chaque heure semblait terrible, simplement parce qu'elle était nouvelle, lui qui avait redouté le changement et aimé l'immuable, il se donnait l'illusion d'audaces impossibles et attendait l'aventure à chaque pas. Il était paré.

Il devint méfiant. Derrière chaque événement, aussi peu équivoque qu'il fût, il percevait un voile qui recouvrait des mystères et dissimulait la réalité des faits. Il se mit à lire des textes politico-philosophiques que Trebitsch avait écrits. Des tracts qui révélaient au grand jour les rapports existant entre le socialisme, les Juifs, les Français et les Russes. Ces lectures nourrissaient l'imagination de Theodor. Non seulement il croyait tout ce qu'il lisait, mais à partir de ce qu'il avait lu, il combinait de nouveaux faits et les exposait dans le *Nationaler Beobachter*. Depuis qu'il était imprimé, il gagnait de l'assurance et quand il prenait la plume, il ne doutait plus de l'exactitude de ce qu'il s'était proposé d'insinuer avec circonspection. Relisait-il le manuscrit, il était tout à fait sûr de lui et rayait les termes euphémiques, tous les « peut-être » et tous les « vraisemblablement ». Il écrivait comme un homme qui a regardé derrière les décors.

Il savait que le *Nationaler Beobachter* se trouvait à la salle de lecture de la « Germania » et que Tiedemann et les autres le lisaient. Le *Nationaler Beobachter* était à l'étalage de tous les kiosques du métro, il était exposé à tous les coins de rue, et dans tous les kiosques, et à tous les coins de rue, la couverture rouge et blanche de la revue criait au monde le nom de Theodor Lohse.

Il n'enviait plus aux Efrussi leurs maisons blanches resplendissant au fond de pelouses vertes, leurs grilles argentées et leurs escaliers de marbre. Il avait perdu Mme Efrussi, et maintenant il pensait à elle comme un très grand monsieur aurait pensé à une petite femme d'un autre milieu avec qui il aurait eu une aventure passagère. Il n'enviait pas le Juif Efrussi, il le haïssait, lui et toute son engeance, sa fierté, et la façon dont il l'avait traité quand il était précepteur. À présent Theodor se rappelait quelle attitude humble il avait prise dans la maison d'Efrussi ; à l'époque, il se laissait encore dominer par une peur idiote et il en rejetait la faute sur les Juifs. De même que, de façon générale, les Juifs étaient responsables de ses longues années d'échec et l'empêchaient de conquérir rapidement le monde. En classe, c'était Glaser, l'écolier modèle ; plus tard, d'autres Juifs — il ignorait leur nom — avaient croisé sa route. Comme chacun savait, ils étaient redoutables, parce qu'ils détenaient la puissance. Mais ils étaient aussi détestables et repoussants, partout où on les rencontrait, dans le train, dans la rue, au théâtre. Quand il voyait un Juif, Theodor tirait sa cravate bien en évidence, afin qu'il remarquât l'insigne menaçant de la croix gammée. Les Juifs ne tremblaient pas, prouvant bien ainsi leur outrecuidance. Ils regardaient Theodor avec indifférence, parfois même ils le raillaient, et on l'insultait lorsqu'il demandait raison.

Il était irrité, et il lui arrivait, la nuit, d'invectiver des passants dans des quartiers déserts et de disparaître par une rue latérale en cas de danger imminent. Il parlait incidemment de ces aventures au détective Klitsche, au Dr Trebitsch et, contrairement à ce qu'il attendait, on ne l'en félicitait pas, mais on lui faisait des remontrances et on le priait de s'astreindre à la discipline. Car des gens qui appartenaient à une organisation secrète devaient éviter de se faire remarquer.

Désormais, il garda le silence, mais la haine le rongeait et se déchaînait dans ses articles pour le *Nationaler Beobachter*. Ses écrits se faisaient de plus en plus violents — jusqu'au moment où le journal fut interdit pour un mois, et cela, était-il dit expressément, à cause des articles de Theodor Lohse. Ce succès lui valut des lettres de félicitations de plusieurs jeunes lecteurs. Des femmes aussi lui écrivirent. Theodor répondait. On venait le voir. Des lycéens, membres de la Ligue Bismarck, l'invitèrent, ils avaient les yeux fixés sur lui, il était leur centre, leur chef tacitement élu ; il faisait des discours et, debout sur le podium, recevait les applaudissements déchaînés de ses admirateurs. Il fonda une Union des Jeunesses nationales ; le dimanche, il allait en forêt avec ses jeunes gens et leur faisait faire de l'exercice.

Cependant, l'argent vint à lui manquer. Aussi loin qu'il regardât, il n'avait en perspective aucune chance d'en gagner de nouveau ; les temps étaient au calme. On ne voyait plus d'espions dans le bureau du détective Klitsche. Il est vrai que celui-ci avait d'autres ressources, il recevait des appointements, il était en rapport constant avec Munich. Theodor aurait bien voulu occuper une place semblable ; il n'aimait pas Klitsche. Klitsche était encombrant. Ce Klitsche avait été adjudant ; Theodor était tout de même sous-lieutenant et universitaire. Parfois, il laissait voir à Trebitsch son mécontentement. Un jour, Trebitsch dit en plaisantant : « Klitsche peut toujours mourir… »

Depuis lors, Theodor pensait à la mort de Klitsche. Mais Klitsche se portait comme un charme ; il n'y avait qu'à le rencontrer, chacune de ses poignées de main, chacun de ses grands éclats de rire le prouvaient. Et il n'y avait pas à espérer que Klitsche fût rappelé à Munich. Ni que l'on pût jamais le prendre en faute.

Pour le moment, c'était impossible, et Theodor avait besoin d'argent. Il essaya d'en emprunter à Trebitsch; sa tentative échoua. Trebitsch lui expliqua qu'il avait lui-même des dettes, mais il n'en resta pas là; il lui rappela qu'il connaissait des gens riches comme, par exemple, le prince Heinrich.

« Vous êtes bien un ami du prince ! » dit Trebitsch.

Oui, il était bien un ami du prince. Le prince était-il quitte envers lui ?

Il se rendit chez le prince Heinrich. Il dut attendre longtemps ; c'était l'après-midi et le prince dormait. Il arriva enfin, dans un pyjama en soie fleurie, les joues et les fossettes rouges de sommeil, comme un enfant qu'on a éveillé.

« Tiens ! Theo ! » dit le prince.

Il s'assit, mit un pied sur la table, fit tomber ses pantoufles et regarda jouer ses orteils tout en fredonnant une chanson. Il bâillait de temps à autre. Il n'entendait pas tout ce que Theodor disait. Finalement, il l'interrompit :

« Tu peux venir avec moi à Kœnigsberg, il y a un baptême de bateau ! »

Et Theodor, coiffé d'une casquette de marin d'un blanc éblouissant, alla donc à Kœnigsberg dans un compartiment de première classe. Son Altesse le prince dormit pendant la route, un livre de Heinz Tovote dans sa dextre pendante. Le club d'aviron *Deutsche Treue* vint la chercher à l'arrivée, lui donna à manger et la mit au lit. Le lendemain — c'était un dimanche — tout le monde était sur la rive, et il pleuvait, comme toujours pour les baptêmes de bateaux. Une jeune fille vêtue de blanc portait un verre de vin dans la main droite, un parapluie dans la gauche, le prince s'approcha du bateau, lui donna son nom et brisa le verre de vin contre la coque. Tous crièrent trois fois « Hip ! Hip ! Hip ! Hourra ! » Et la pluie continuait à crépiter.

L'après-midi, ils passèrent l'inspection d'une compagnie d'honneur de la Reichswehr, on leur présenta la corporation d'étudiants *Rhenania* et Theodor reconnut, dans l'un d'eux, l'étudiant Günther, un ancien compagnon de guerre. Ils burent ensemble, ils se promenèrent dans la ville, ils se racontèrent des souvenirs, ils se félicitèrent réciproquement d'être des hommes admirables et s'étreignirent. Il n'y avait entre eux aucun secret. Theodor passa simplement sous silence ses relations avec le prince et avec Klitsche. Il cita pourtant une fois ce dernier nom, et Günther avoua alors qu'il appartenait aussi à la cellule S II de Munich et qu'il recevait de Klitsche des ordres de mission. Mais maintenant, il en avait assez de la politique et voulait se marier. Sa fiancée habitait à Berlin. Oui, il voulait aller à Berlin avec Theodor. Il s'ennuyait d'elle.

Sa fiancée était fille d'ouvrier. Le père était délégué syndical aux usines Schuckert. Un simple ouvrier, même, et un rouge.

Theodor demanda à Günther s'il ne serait pas lui aussi un peu rouge. Il avait les mains dans les poches et écartait les doigts. Il écoutait de toutes ses oreilles.

« Non ! » répondit Günther. Mais Günther parlait avec son beau-père et respectait toutes les opinions.

Ils voyagèrent ensemble ; le prince dormit dans un compartiment à côté et Theodor se taisait. Il regardait le paysage. Il observait Günther, ce garçon blond avec ses yeux bleus et ce bon visage dont l'honnêteté frisait presque la bêtise.

Qu'était Günther pour lui ? Un nom et un visage indifférents, rencontrés par hasard. Comme le jeune Thimme, par exemple.

Aimait-il Günther ? Aimait-il quelqu'un ? Oui, il aimait son peuple. Il était au service de son peuple. Et si Günther ne disait pas la vérité ? S'il n'en disait que la moitié ? S'il était un traître ? Et qu'il trafiquât avec les communistes ? Et s'il trahissait l'Organisation ?

Cette fois, Theodor avait mis le doigt sur une affaire. Il fallait être prudent. Cette affaire lui donnait un moyen d'arriver à ses fins.

Le détective Klitsche écouta attentivement Theodor. Ne pouvait-on rien apprendre de plus précis ?

Il n'y avait rien à faire ; ni la fiancée de Günther ni Günther lui-même ne pouvaient trahir quoi que ce fût. Theodor lui demanda un jour avec précaution si, par hasard, son beau-père ne serait pas communiste.

« Oui ! » Günther riait.

C'était le soir ; ils marchaient bras dessus, bras dessous, Theodor et Günther. Déjà la puissance l'étourdissait, Theodor, le puissant ; déjà il nouait des liens avec des doigts haineux, Theodor, le rusé ; il voyait tout ce qu'il allait gagner ; on l'élèverait au-dessus de Klitsche, au-dessus de Trebitsch, au-dessus de tous. Il allait à Munich, il se rendait maître de l'Organisation. Theodor, un chef. Il courut chez Trebitsch et lui rapporta la trahison de Günther. Il voyait des dangers, les décrivait, les traquait avec exaltation, stimulé par le sourire d'approbation du barbu. Dans la soirée, Klitsche expédia des messagers, seize membres de la cellule S II se présentèrent, Trebitsch alluma deux bougies et lut avec Theodor le procès-verbal de l'affaire :

« Günther a-t-il reconnu avoir un beau-père communiste et chef d'une organisation secrète ?

— Oui.

— A-t-il procuré des armes aux ouvriers ?

— Oui.

— Günther prend-il part à leurs manœuvres ?

— Oui.

— Les articles huit et neuf des statuts disent que :

"Celui qui, par ruse ou violence, agit contre les organisations patriotiques ;

"celui qui, à l'insu de ses supérieurs et dans des buts autres que l'espionnage, entretient des rapports avec des partis de gauche ; celui-là est voué à la mort, de par le Tribunal de la Sainte-Vehme."

« L'étudiant Günther est déclaré coupable.

« Laissons-nous le sort désigner le responsable de son exécution ? »

— Je m'en charge, dit Klitsche.

Tout le monde se tait. Un souffle de surprise et de respect monte vers Klitsche. On entonne un hymne guerrier :

Le traître paie de son sang,
Exterminons l'engeance juive,
L'Allemagne avant tout.

CHAPITRE 7

On avait annoncé une séance de gymnastique à Weissensee, sous le commandement du sous-lieutenant Wachtl. Klitsche, Theodor et Günther marchaient à cent pas derrière les autres. Günther avait été invité, accueilli avec chaleur et on l'entretenait de propos plaisants. On entendait le gros rire de Klitsche.

Ils s'arrêtèrent dans l'intention de souffler un peu ; un pivert donnait infatigablement des coups de bec dans un arbre, un oiseau sifflait timidement. Des moucherons par centaines dansaient dans le soleil d'avril, anormalement chaud ; le sol de la forêt dégageait une odeur fraîche et engourdissante.

Theodor voudrait bien voir la fin de la forêt. Hélas ! La forêt n'a pas de fin, Theodor a de la fièvre, il a le crâne oppressé, comme si des montagnes de troncs d'arbres pesaient sur sa tête. Ses yeux sont pleins de larmes, il ne voit plus rien. Il se laisse tomber à côté de Günther.

Maintenant, il attend, comme s'il attendait sa propre mort. Le moment est arrivé trop vite. Trop vite. Theodor voyait devant lui des troncs d'arbre sans nombre qui arrêtaient et filtraient la lumière du soleil. Mais les arbres n'avaient pas de corps, c'étaient des arbres d'ombre, ils n'étaient pas stables, ils étaient animés d'un imperceptible mouvement continu, comme si la forêt tout entière avait été un décor de gaze légère, doucement agité par la brise. Theodor voyait derrière lui le détective Klitsche, plus distinctement que les troncs d'arbre qui se trouvaient devant lui ; il le vit qui saisissait à deux mains une pioche et prenait son élan, il le sentit retenir sa respiration ; alors Theodor ferma les yeux. Quand il les rouvrit, il vit Günther écroulé à côté de lui, il vit sa bouche entrouverte, le demi-cri étranglé dans sa gorge, et sentit peser le silence qui l'entourait. La forêt se taisait, comme si tout était suspendu au cri de la mort qui ne venait pas.

La pointe de la pioche était plantée entre les sourcils de Günther, à la naissance du nez. Son visage était blanc, avec des éclats violets sous les yeux. Il respirait encore. Sa main gauche reposait sur sa poitrine et son pouce remuait comme un petit balancier charnu sur la fin de sa lancée. Sa lèvre supérieure se crispa dans un dernier râle, on vit apparaître ses dents avec un morceau de gencive grisâtre.

Klitsche jeta un sac sur Günther sans enlever la pioche. Il l'emmena à l'écart en le traînant sur des aiguilles de sapin, des plaques de sable et des pommes de pin qui craquèrent doucement. Il y avait là un fossé où Klitsche fit glisser Günther ; il retira le sac pour arracher la pioche. Le sang, longtemps retenu, gicla net du front de Günther avec un sifflement imperceptible ; le jet, tel un étroit ruban rouge, s'éleva jusqu'à la couronne des arbres et retomba goutte à goutte des branches de sapin.

C'étaient des gouttes épaisses et visqueuses, elles se figeaient immédiatement à peine arrivées au sol, et formaient de petites croûtes, comme de la cire à cacheter rouge. Un rouge frémissant entourait Theodor de toutes parts. Au champ de bataille, il avait vu et entendu ce rouge, il criait, il hurlait comme de mille gorges ensemble, il flamboyait, il flambait comme mille incendies, rouges étaient les arbres, rouge était le sable jaune, rouges les aiguilles brunes sur le sol, rouge le ciel déchiqueté entre les sapins, la lumière du soleil entre les troncs jouait dans des rouges jaunâtres aveuglants. De grandes roues pourpres tournoyaient dans l'air, des boules pourpres roulaient dans tous les sens, des étincelles incandescentes dansaient, se rencontraient pour former des serpents lumineux mollement ondulés, se séparaient. Le rouge frémissant venait du plus profond de Theodor, il l'emplissait, s'échappait en palpitant, mais cela le rendait plus léger et il lui semblait que sa tête flottait, comme si elle était pleine d'air. C'était une jubilation rouge et légère, un triomphe qui le transportait, un frémissement ailé, — mort des pensées graves, libération de l'âme autrefois cachée, ensevelie.

Klitsche glissa, tomba, poussa un gémissement. La pioche resta suspendue dans l'air pendant un instant encore, le manche dressé, comme si elle était vivante, puis elle bascula sur le côté. Theodor la ramassa. Il fit comme Klitsche, il brandit la pioche qui retomba en sifflant. Le crâne de Klitsche craqua un peu. Une bouillie grisâtre et sanguinolente jaillit de son front.

Quelque part, le pivert infatigable donnait toujours des coups de bec dans son arbre, l'oiseau gazouillait timidement, la même vapeur lourde montait du sol de la forêt.

Theodor traversa la forêt d'un pas léger, des branches à demi pourries craquaient sous ses pieds, il était léger comme l'un de ces moucherons qui continuaient à danser.

CHAPITRE 8

Le rapport qui parvint à Munich disait que Günther s'était battu avec Klitsche, qu'il l'avait assommé et qu'il avait ensuite été liquidé par Theodor Lohse. Les seize membres de la cellule S II en témoignèrent. Les morts étaient bien enterrés. Un écureuil abattu et déchiqueté d'un coup de feu gisait sur leur tombe et expliquait la provenance des taches de sang.

Theodor Lohse avait le champ libre. Il administrait l'héritage de Klitsche et le consolidait. Son souffle était brûlant, son sommeil lourd, et vaste la terre qu'il devait labourer. Avec quarante écoles il constitua une garde. Il se débarrassa des espions qu'il jugeait suspects. Trois fois par semaine, il faisait des conférences. Il se préparait pendant une demi-heure en étudiant des tracts de Trebitsch et le *Nationaler Beobachter.* Il gérait les fonds qu'il recevait du commandant Pauli. Il faisait des comptes et n'accordait jamais une avance, sinon à lui-même.

Peu à peu il comprit les rapports qu'il n'avait pu auparavant qu'entrevoir au travers d'articles. Il se rendit à Munich, il fit la connaissance de ses supérieurs ;

notamment d'un général qui n'allait jamais en Prusse et résidait en Bavière sous le nom de commandant Seyfarth. Il lui aurait fallu rencontrer Ludendorff, mais il n'en avait pas le droit, tout contact avec Ludendorff était interdit. Il perdit sa vénération pour tel ou tel qu'il avait cru et proclamé grand. Il parla avec des nationaux-socialistes et les dédaigna quand il s'aperçut qu'on ne leur disait pas tout et qu'eux aussi étaient tenus à l'écart de bien des secrets. Theodor apprit à écouter et à se méfier. On lui mentait.

Il en fut vexé. On mettait le holà à toutes ses questions. Cela relançait son ambition, lui insufflait un nouveau courage ; il n'aspirait pas à une simple indépendance, mais à l'autorité sur les autres, il voulait être le début d'une chaîne et non pas un maillon insignifiant. Mais son ardeur le dépassait lui-même, le débordait, le trahissait, on se méfiait de son zèle, son empressement le rendait suspect. Généraux, commandants, capitaines, étudiants, journalistes, politiciens, chacun se cramponnait à sa place ; ils avaient peur pour leur pain quotidien, ni plus ni moins. Au milieu de tout cela gravitaient des personnages sans envergure, hôtes des organisations — un orateur ambulant, Schley le Rouge, le pasteur Block qui pervertissait les petites écolières, l'étudiant Biertimpfl qui avait pillé une caisse de secours mutuels, l'acrobate Conti de Trieste, marin et déserteur, l'indicateur juif Baum dont la spécialité était les ordres de bataille, un espion français, l'Alsacien Blum, Klatko de Haute-Silésie, mutilé au cours de luttes électorales ; les lieutenants de vaisseau et des Allemands d'Outre-Mer, des réfugiés des provinces occupées, des chefs de cabinet mis à la porte, des prostituées de Coblence, des clochards des villes du Rhin, des officiers hongrois qui apportaient avec eux les requêtes invérifiables de membres émigrés à Budapest, des individus qui étaient poursuivis par la police et demandaient de faux passeports, des rédacteurs sans nom qui voulaient de l'argent pour faire un journal. Chacun d'entre eux savait quelque chose et pouvait devenir dangereux ; il fallait leur donner satisfaction.

Il y avait des malins, des imbéciles, des gens de qui Theodor pouvait apprendre quelque chose, d'autres qui cherchaient à apprendre quelque chose de lui. Beaucoup le connaissaient, ils avaient souvent entendu son nom, il lui fallait prendre garde aux espions. Il lui fallait prendre garde à tout en général. Il marchait dans la rue, la main dans la poche sur la crosse de son revolver, il évitait les quartiers sombres, il ne sortait jamais de chez lui sans regarder tout aux alentours, dans chaque passant il flairait un ennemi, dans chacun de ses amis politiques un adversaire personnel. Il ne pouvait se fier qu'à sa cohorte de jeunes gens. Il institua un Service de protection des salles qui cassait les réunions des socialistes et parcourait les rues en chantant gaillardement. Aux conférences de Trebitsch, il disséminait ses hommes à travers toute la salle et leur faisait faire la claque pour encourager les applaudissements. Parfois un auditeur lançait inconsciemment une insulte. Alors Theodor donnait un coup de sifflet strident, le service de protection se ruait sur le coupable, l'entraînait dans un coin, le précipitait à terre, lui piétinait le dos, la poitrine et le crâne et entrait dans des transes meurtrières.

Il donnait des instructions, pourvoyait aux équipements, punissait les poltrons, félicitait les courageux, il était un petit dieu. Il se surpassait lui-même ; depuis longtemps, sa foi était ébranlée, sa haine affaiblie, son enthousiasme refroidi, il n'avait foi qu'en lui-même, s'aimait lui-même, s'enthousiasmait de ses propres exploits. Il ne haïssait plus les Efrussi, il ne haïssait plus les Glaser. Il ne croyait pas à la victoire du mouvement. Il commença à surveiller Trebitsch de près. Il décelait l'absurdité de tel mot d'ordre, de tel argument. Il méprisait les auditeurs auxquels il s'adressait. Il savait qu'ils croyaient n'importe quoi. Il lisait des tracts, des journaux, non pour en partager les opinions, mais pour les apprendre par cœur, pour retenir des convictions qui lui étaient indifférentes. Il vit que chacun ne travaillait que pour soi seul, il s'appliqua à le faire avec plus d'acharnement que les autres. Il voulait… ce qu'il voulait, il ne le savait pas très bien.

Il voulait être chef, député, ministre, dictateur. En dehors de son cercle, on ne le connaissait pas encore. Le nom de Theodor Lohse ne figurait pas encore en lettres de feu dans tous les journaux. Il aurait aimé devenir martyr de sa propre gloire, immoler sa vie à la popularité de son nom. Il souffrait de ne pouvoir agir qu'en gardant l'anonymat. Et plus ses convictions s'affaiblissaient, plus la haine qu'il simulait gagnait de terrain : maintenant, il ne s'en prenait plus seulement aux ouvriers, aux Juifs et aux Français, mais aussi au catholicisme et aux papistes. Il envahit la salle où parlait l'écrivain catholique Lambrecht. Il était assis au premier rang. Des phrases prononcées dans une langue inconnue passaient au-dessus de sa tête sans qu'il pût les saisir. Mais un mot tomba, le mot « Talmud ». Il secoua la conscience endormie de Theodor. Theodor siffla, et les quarante nerfs de bœuf de sa troupe s'abattirent en crépitant sur les auditeurs. Theodor cria à l'écrivain Lambrecht : « Sale Juif ! » et « Papiste ! » Il forma un gros crachat sur le bout de sa langue et l'envoya à la figure de Lambrecht. Il empoigna par les cheveux une vieille femme et la traîna brutalement hors du rang. Il lui tordait le poignet. La femme lui donnait des coups de pied et lui perçait les oreilles à force de hurler. Subitement, elle se fit lourde et tomba. Theodor donna un grand coup de sifflet. Tous disparurent. La police se trouva devant le fait accompli et arrêta deux blessés dans les poches desquels on avait trouvé des insignes rouges et qui étaient les membres bien innocents d'un club de quilles.

Il aimait Franziska, une espionne qui travaillait pour lui. Elle lui apportait des comptes rendus sur le parti communiste, elle avait des cheveux courts et bouclés, la peau couleur de feuilles mortes. Il pleura lorsqu'elle disparut avec la caisse et les rapports, il manquait d'argent. Le postier Janitschke réclamait des dédommagements pour des lettres volées. Il était paralysé d'un bras, mais il menaçait de faire des dénonciations. L'espion Bräune voulait de l'argent pour aller à Francfort-sur-l'Oder, sa femme venait d'accoucher et il devait rentrer chez lui.

Theodor signala l'affaire Franziska ; il devait se débrouiller pour rembourser l'argent lui-même, il supplia Trebitsch de l'aider. Trebitsch lui donna un conseil : Efrussi.

Il attendit longtemps dans le vestibule. Il avait

attendu aussi longtemps quand il était venu la première fois chez Efrussi, pour la place de précepteur. Le son aigu de la cloche retentit, deux fois, trois fois, le domestique noir se déplaçait avec des mouvements guindés, le buste en avant, les genoux rentrés, comme un homme en bois. Efrussi avait toujours le même visage pâle, froid et douloureux d'une vieille femme austère ; dans son salon, on devenait un précepteur, un Theodor Lohse de jadis, un tout petit Theodor Lohse.

Efrussi demanda un accusé de réception. Il glissa le chèque dans une enveloppe et dit : « Allez chez le commandant Pauli. » Il ordonnait, Theodor obéissait, il alla chez le commandant Pauli, il comprenait, il savait. Le pouvoir d'Efrussi était immense, il était plus puissant que n'importe quel Theodor Lohse, on n'en finissait jamais d'être son précepteur, son domestique, son sujet. Et la vieille haine se réveillait, criait en Theodor : sang, sang, sang de Juif !

Il ne se ressaisit qu'en présence du commandant Pauli, il se remit de son avachissement, son amertume se transforma en respect, il s'appliqua bien vite à rassembler toutes ses forces avec une seule idée en tête : prendre l'attitude militaire réglementaire. La voix du commandant recouvrait le pénible souvenir de sa requête à Efrussi. Theodor remporta dans son bureau le bruit de ses talons claquant l'un contre l'autre, aucune aventure ne le menaçait plus, des courriers arrivaient, il ouvrait les lettres avec le coupe-papier dont il caressait le frais ivoire.

CHAPITRE 9

Parfois, le frère du défunt Klitsche venait voir Theodor. Il servait dans la Reichswehr et se mettait au garde-à-vous quand il parlait, il disait « Mon lieutenant » quinze fois par minute, et pourtant il avait une certaine familiarité avec tous les objets de la pièce. Ses yeux saluaient les murs, le plafond, le parquet comme de vieilles connaissances. Il s'était étendu sur ce divan, assis sur cette chaise, et il ressemblait au défunt Klitsche. Il lui ressemblait tant que Theodor ne pouvait oublier le visage du mort, ni pourquoi il était là, pourquoi il y travaillait, travaillait, et prenait de l'importance.

N'eût été ce frère de Klitsche, Theodor se serait arrêté — il ne savait pas exactement, il aurait bien repris haleine. Il aspirait parfois à un peu de repos. Mais alors surgissaient les visages de Günther et de Klitsche, et Theodor travaillait. Il les avait tués tous les deux, ce n'était pas pour rien. Il avait dénoncé le premier par devoir ; tuer le second, qui était peut-être déjà mort avant de recevoir le coup, était une tâche qui devait porter ses fruits.

Mais il était des soirs où Theodor ne pouvait s'empêcher de se demander si les morts étaient bien définitivement morts. Alors, il se rendait au cabaret Kaiser-Wilhelm, au petit bar où on le connaissait bien, on lui disait « Bonjour, mon lieutenant » et on était honoré de sa visite. Quelques camarades de son groupe l'entouraient de prévenances, lui faisaient une place au milieu d'eux, ils ne quittaient pas ses lèvres des yeux, et, s'ils voyaient d'après les premières phrases que ce serait une histoire drôle, ils se mettaient à rire, ébranlés par l'humour de Theodor. Theodor connaissait beaucoup d'histoires, il était héros et centre de tout, ce n'était pas en vain qu'il avait écouté et ri pendant des années ; maintenant il savait que tout devait se centrer autour du narrateur. Parfois sa mémoire flanchait et il croyait avoir vécu lui-même bien des choses. Car il buvait, et les applaudissements l'enivraient, il était perché à califourchon sur son grand tabouret et il avait l'impression de galoper.

Il percevait de loin le rire de ses amis, la musique qui venait de la grande salle et qu'on n'arrivait plus qu'à peine à entendre, il s'approchait, c'était la chanson de *La Fille aux cheveux noirs*, et Theodor était triste à pleurer, et s'étonnait que la patronne du bar pût en sourire.

Il buvait encore un alcool, tombait de son tabouret et s'éveillait le lendemain matin.

Ah ! Comme il aurait voulu trouver un autre genre de détente ! Il aurait fait bon quitter la ville, l'été recouvrait le monde de sa richesse, et dans les forêts il y avait... Theodor n'aimait pas les forêts, il y avait des morts dans les forêts, des vers venaient les manger et de l'herbe verte germait dans leurs ossements.

Un jour viendrait l'apaisement, tard, on ne le trouvait qu'une fois les sommets atteints, la route était longue et Theodor fatigué.

Mais quelque chose le poussait vers les sommets, il ne les voyait pas, ne les connaissait pas, à peine pouvait-il s'en faire une idée. Une voix en lui criait « Plus haut ! », tout, autour de lui, criait « Plus haut ! », déjà il connaissait les chemins à suivre, déjà il était un meneur d'hommes, déjà il faisait bon ménage avec les journalistes, il connaissait le grand politique Hilper, il assistait aux séances du Reichstag du haut de la galerie, il s'entendait déjà faire des discours, il se voyait dans cette salle, à la tête de ses hommes, il entendait son coup de sifflet perçant, il cognait sur les députés, les délogeait, il criait « Vive la dictature ! ». Là-haut, tout là-haut, tout proche du dictateur se dressait Theodor.

Il se rappela sa vieille méthode : il se mit en rapport direct avec les grands et les plus grands. Maintenant il les connaissait. Au-dessus du « commandant Seyfarth », il y avait le « capitaine de vaisseau Hartmut ». Theodor imaginait des plans ; il s'informait sur le mode de vie, sur les habitudes des Juifs et des socialistes ; il apprenait certaines choses et inventait le reste. Il fit un article dans le *Nationaler Beobachter* à propos de relations imaginaires entre un homme politique et des espions français et proposa un attentat. Il savait y faire et parvenait à appuyer chaque incrimination sur une donnée précise. Il exagérait, maquillait les faits, n'importe quel incident éveillait ses soupçons. Parfois il flairait une liaison clandestine. Des journalistes attiraient son attention sur des affaires insignifiantes. Il mettait ses espions en campagne. Il savait que chacun d'eux exagérait. Il grossissait leurs exagérations. Il élaborait des plans pour libérer des membres de l'Organisation qui étaient en prison. Il envoyait les plans à Munich — au capitaine Hartmut. Il gagnait au moins de l'argent. Il faisait des comptes. Il calmait les espions malcontents d'une poignée de main fraternelle. Il y avait des idiots, ils se laissaient faire. Ils attendaient.

Mais la cellule S, le « commandant Seyfarth », envoyait des blâmes et des avertissements, il fit venir Theodor à Munich. Theodor avait des échappatoires. Theodor alla du « commandant Seyfarth » au « capitaine Hartmut ». C'était un vieux monsieur, il avait sur son crâne chauve quelques rares cheveux ramenés d'arrière en avant, et il écoutait avidement le moindre compliment, la moindre flatterie, plein de gratitude, mais jamais satisfait. Theodor le reconnaissait. Parfois il glissait prudemment dans la conversation un jugement sur la cellule S. Theodor dit un jour : s'il n'avait pas affaire à la cellule S, mais au capitaine lui-même, ce serait bien autre chose. Il avait besoin d'un esprit libre, lui, Theodor Lohse.

Il oubliait que Trebitsch existait; que Trebitsch devait gagner de l'argent; que lui aussi faisait ses comptes; que c'était son devoir de surveiller Theodor. Et Trebitsch communiquait que Theodor, dans son empressement, avait exagéré telle chose, s'était trompé sur telle autre. Ah! il avait des yeux et des oreilles infaillibles, on pouvait lui faire confiance, au Juif Trebitsch.

Theodor faisait des préparatifs pour libérer un prisonnier. Il se rendit à Leipzig. L'un des gardiens avait été adjudant dans la compagnie de Theodor. Il voulait le gagner à la cause de l'Organisation. Theodor informait Munich que les choses étaient sur la bonne voie. Et il reçut un visiteur qui lui transmit par écrit l'ordre de partir avec cinquante hommes le jour même, au plus tard le lendemain, pour le domaine de Lukscha, en Poméranie.

CHAPITRE 10

Il était impuissant, amer, brûlant de vengeance. Il alla voir Trebitsch… Un Theodor Lohse n'était-il pas indispensable ?

Et Trebitsch souriait. Il peignait sa barbe de ses doigts écartés. Il n'y avait rien à faire, Theodor se mit en route.

Dans le domaine de Lukscha en Poméranie, les ouvriers agricoles s'étaient mis en grève. Le baron von Köckwitz demandait assistance.

Il était vieux, le baron von Köckwitz. Il était veuf. Il avait trois fils : Friedrich, Kurt, Wilhelm. Il était chasseur. Il tirait bien. Il tirait toute la journée. Il avait un arsenal dans sa cave. Il était dur envers lui-même et envers les autres. Theodor arriva à l'heure de midi. Le soleil tapait. Les hommes de Theodor avaient derrière eux une heure de marche. Le baron leur ordonna d'avancer au pas. Étaient-ce là des vagabonds ? Depuis quand allait-on en troupeau ? Il exigca qu'ils se missent en rang par quatre. Il conduisit le cortège à la grande grange. Elle était à un quart d'heure de là. Theodor avançait, amer, impuissant, assoiffé de vengeance. Il connaissait le baron von Köckwitz.

Tout le monde le connaissait. Il avait tué d'un coup de feu un ouvrier pendant l'abattage du bois. Il menaçait les promeneurs du dimanche avec un fusil armé. Les enfants qui allaient aux fraises dans ses forêts disparaissaient. En été, ses fils se cachaient derrière les buissons ; ils épiaient les voyageurs, tiraient sur les oiseaux de passage. Le plus jeune de ces fils avait douze ans et visait les pigeons du garde forestier. Le baron von Köckwitz avait conduit sa femme à la tombe à force de persécutions. Elle était née von Zick. On savait que son grand-père avait été dans les postes. Une noblesse récente qui devait son titre aux relais de poste. Elle mourut d'avoir eu un tel grand-père. Les journaux parlèrent du baron von Köckwitz. Les tribunaux laissèrent les dossiers d'accusation tomber en poussière. Les avocats étaient invités à chasser. Les juges d'instruction jouaient au poker avec Kurt. On connaissait le baron von Köckwitz. On se moquait de lui. On racontait sur lui toutes sortes d'anecdotes. Chaque année, ses ouvriers se mettaient en grève. Des gens de Rossbach l'aidaient toujours. On redoutait ce travail d'été. Chez le baron von Köckwitz, on avait à manger deux fois par jour. De la soupe d'orge et du pain noir.

Ils couchaient dans la grange, aigris et affamés. L'après-midi, le baron von Köckwitz venait et ordonnait : « Faites chanter vos gens ! J'aime entendre chanter ! » Ils chantaient, ils travaillaient, ils mangeaient du pain noir et de la soupe d'orge, ils dormaient, ils se levaient au premier rayon du soleil. Ils chantaient.

Un jour, le baron se rendit aux champs. Il était de bonne humeur. Il invita le juge d'instruction. Il invita également Theodor et ses cinquante hommes. Il parla avec Theodor. Pesta contre les ouvriers. C'étaient des Polaques. Pas une goutte de sang allemand. Des Juifs les corrompaient. Dans cette région, il y avait énormément de Juifs, de Polaques, de la racaille rouge. C'étaient des gens à abattre.

Les abattre, voilà ce qu'il fallait. Cette nuit-là, la grande grange prit feu. L'un des hommes de Theodor avait fumé. Le baron menaça : trois jours de salaire en moins. Mais le juge d'instruction suspecta les ouvriers. On en arrêta dix.

Le lendemain, ils étaient cent à marcher sur le domaine. Le baron fit monter des mitraillettes de la cave. Il perdit l'appétit. Il ferma les volets. Gifla le jeune Wilhelm. Il voyait déjà sa maison démolie. Ses fils pendus. Lui-même torturé. Il n'allait plus aux champs. Il dormait tout habillé, son pistolet à portée de la main. Il avait peur que ses aliments fussent empoisonnés. Il avait peur dc tout.

Theodor couchait dans la maison. Pas seulement parce que la grange avait brûlé. Theodor montait la garde. Les jeunes barons passaient l'inspection. Le vieux était charitable. Un bon vieillard. Il faisait des dons pour l'église. Il regardait tout autour de lui quand il parlait. Il chuchotait.

Dans de telles dispositions, il était accessible à tous les conseils.

Theodor était amer. Le renvoyait-on ? Voulait-on effacer son nom ? Le nom de Theodor Lohse brillerait dans tous les journaux. On n'oublierait pas ainsi Theodor Lohse. Ni à Berlin, ni à Munich. On ne l'oubliera pas.

Il fallait provoquer les ouvriers. Et, si un combat s'ensuivait, les exterminer. Cent hommes — avaient-ils des armes ? Ici, c'était un arsenal. On n'oubliera pas Theodor Lohse.

Tous les jours, ils chantaient :

Le traître paie de son sang,
Exterminons l'engeance juive,
L'Allemagne avant tout...

Ils travaillaient moins. Ils manœuvraient. Ils faisaient des sorties en armes. Les ouvriers avaient faim. Les enfants avaient des cous tout maigres et des têtes énormes. Les femmes glapissaient quand elles voyaient les hommes de Theodor. Elles hurlaient « Chiens ! ».

Des coups de feu partirent en l'air. Des ouvriers arrivaient, cent, deux cents, des environs. Ils portaient des bâtons. Ils lançaient des pierres. Ils marchaient sur la ferme.

Theodor les laissa entrer dans la cour. Ils criaient. Ils se ruèrent sur la maison. Les vitres tremblaient avec mélancolie. On avait mis des draps aux fenêtres pour parer aux coups des pierres. Un ouvrier, hissé sur les épaules d'un camarade, faisait un discours.

Theodor tira. L'ouvrier chancela. Ils se dispersèrent. Puis ils se précipitèrent tous ensemble sur le portail, le secouant vainement pour faire sauter le triple verrou. Ils s'élançaient par-dessus du mur. Mais, de l'autre côté, ils voyaient étinceler les canons des fusils. Ils se laissaient retomber dans la cour. Des détonations venaient de la maison.

Les mourants geignaient. Les vivants se taisaient. Il

se fit un grand calme. De la cour soufflait un vent de silence, comme d'une tombe béante. Les pavés réverbéraient le soleil brûlant. Haut dans le ciel, des alouettes grisollaient. Un bourdon ronflait comme une grosse toupie. Un chien aboyait au loin. Les cloches de l'église du village s'ébranlaient.

Beaucoup s'échappèrent en escaladant le mur, ils assommèrent les sentinelles et s'enfuirent. Trente, blessés et morts, ne se relevèrent pas. Des ruisselets de sang dessinaient des cartes de géographie sur le pavé blanc de la cour.

Les gendarmes arrivèrent dans la soirée, ils burent de la bière dans la cour, le sang n'était pas encore sec. Le jeune juge d'instruction avait une fossette dans son menton enfantin et une croix gammée à la boutonnière.

Les journaux répandirent la nouvelle dans le monde aux écoutes : Émeute sanglante chez les ouvriers agricoles ! Exploit du Secours technique ! Des reporters vinrent sur place. Theodor Lohse s'entretint avec eux. Le nom de Theodor Lohse était dans les journaux. Un étudiant, un lieutenant de réserve, a réprimé l'émeute : Theodor Lohse.

Le dimanche était le jour de réunion du Secours technique. Des enfants vêtus de blanc vendaient des bleuets en tissu dans les rues de Berlin.

CHAPITRE 11

Theodor entendait le sang rouge, il criait, il hurlait comme de mille gorges ensemble, il flambait comme mille incendies, des roues pourpres tournoyaient dans l'air, des boules pourpres tournaient dans tous les sens. Le rouge frémissant venait du plus profond de lui-même, il l'emplissait et le rendait plus léger, une jubilation rouge s'emparait de lui, un triomphe le transportait.

Mais il était mélancolique, le soir, quand les chauves-souris commençaient à voler et les grenouilles à coasser, quand le chant des cigales se faisait plus tenace et plus pénétrant, et qu'une servante fredonnait en achevant son travail de la journée. Ému, l'âme sanglotante, il contemplait le ciel rouge et sifflait des airs mélancoliques. Il avait la même sensation qu'au cabaret Kaiser-Wilhelm, quand il entendait la chanson de *La Fille aux cheveux noirs.*

Il reprenait foi dans la cause qu'il servait lorsque le vieux baron s'attristait et commençait à parler des régions d'Allemagne qui étaient sous la coupe des Polaques. Il entendait quelque part des cors retentir, et l'appel effrayant et funèbre d'une trompette de guerre. Il était en pleine guerre, il combattait, il luttait, il défendait une terre sacrée, et il était prêt à verser son sang quand le vieux baron prononçait le mot *Scholle*[1]. Il l'articulait avec un O long au timbre nostalgique et un L dur, comme en Prusse-Orientale, il reprenait sa respiration avant de former la première syllabe et laissait échapper la seconde dans un soupir. Theodor voyait parfois dans le vieux baron l'image de l'un des derniers aristocrates allemands que les temps nouveaux menaçaient de ruiner.

Il n'en était pas toujours ainsi. Quand il pleuvait, Theodor s'installait dans la bibliothèque du baron, il lisait des romans dans la *Woche*, regardait dans des revues des photos de grands hommes, il retrouvait son sang-froid habituel et voyait alors le baron sans exaltation, comme un vieillard plein de petits ridicules — comme tout le monde le voyait —, avec, il est vrai, une indulgente compréhension et la reconnaissance qui lui était due pour son hospitalité tout à fait exceptionnelle.

Car Theodor était traité comme jamais ne l'avait été aucun de ceux qui avaient porté secours au baron les années précédentes. Theodor fut cité comme témoin au procès des ouvriers agricoles. Il conversa avec le juge d'instruction. Il accompagna le baron à Berlin. Il était déjà certain que tout danger était écarté. Theodor bénéficia pourtant d'un traitement amical. Un ouvrier grièvement blessé que l'on tenait pour le meneur fut soigné à l'hôpital et vivement guéri. On lui

1. *Scholle* : terroir. (*N.d.T.*)

donna même du vin quand sa fièvre fut tombée. Il était accusé de violation de domicile, d'atteinte à la sûreté publique et de tentative de meurtre.

Le procès dura une demi-heure. L'ouvrier fut condamné à huit mois de réclusion. L'avocat passa la soirée avec Theodor Lohse et le baron au « Kaiserhof » devant une bouteille de vin.

Une semaine plus tard, Theodor quitta le domaine. Il ne pouvait réprimer son émotion, il pensait que le vieux baron allait bientôt mourir, il pensait aux soirs, au chant des grenouilles et des cigales, aux dangers communs qui l'avaient attaché à cette maison, et au nom sacré de la *Scholle*.

Alors il se rendit à la gare, en tête de ses cinquante hommes. Ils marchaient en chantant sur la large route. Theodor décida de ne leur donner leur argent qu'une fois à Berlin. À l'heure de la séparation, le baron ne leur avait pas retenu les trois jours.

Theodor pensa à le faire.

CHAPITRE 12

Il se rendit alors chez Trebitsch. Son salut avait un son triomphal. Le croyait-on mort ? Regardez, Theodor vivait ! Plus vivant que jamais. L'avait-on oublié ? Les journaux proclamaient son nom

Il quitta son humeur mélancolique. Il oublia le chant des cigales, le fredonnement des servantes, la *Scholle.* Il reprenait déjà en main son vieux plan. Il alla à Leipzig. Mais Pfeifer s'était échappé sans l'aide de Theodor. Trebitsch l'avait libéré.

Theodor prit son parti de l'occasion manquée. Zange et Marinelli étaient encore en prison.

Il se rendit à Munich. Le capitaine Hartmut manifesta de la méfiance à son égard. Trebitsch était passé par là. Il reconnaissait ses traces.

National-socialisme était un mot comme un autre. Il n'impliquait pas nécessairement de conviction. Il fut reçu par des chefs nationaux-socialistes, traité avec respect ; il passait avant tous les autres qui attendaient. On le connaissait donc. Ils ne savaient pas tout. Theodor soulevait les voiles avec précaution. Il les intriguait. Ils vivaient dans l'ivresse, dans l'enthousiasme.

Beaucoup affluaient de leur côté. Ils étaient du Parti, non de l'Organisation secrète. Il semblait à Theodor que celui-là était plus puissant. On y travaillait au grand jour. On ne s'y enterrait pas. Le nom de chacun y retentissait comme accompagné de mille cloches.

Il alla à des réunions. Ils criaient tous de joie. De petits bourgeois buvaient de la bière. Ils buvaient et criaient de joie, la bouche pleine de chou farci. Des commandos de jeunes arrivaient dans la salle. Ils restaient debout le long des murs. Ils portaient l'orateur à travers une haie de chaises, de spectateurs, de tables. Quatre mille pieds trépignaient. Les serveurs filaient comme des flèches. On entendait le froissement des billets de banque. Il régnait une atmosphère de liesse, comme dans les fêtes populaires. Theodor les enviait.

Alors que lui, il devait agir par en dessous, dans la clandestinité, épié de toutes parts par des ennemis, au-dedans et au-dehors.

Il alla dans les bureaux de recrutement. Comme ils étaient nombreux à se rendre à l'appel ! De jeunes ouvriers, des étudiants, des employés. Autre chose que les lycéens de Theodor. Leur foi était plus forte, ils étaient plus faciles à enflammer — ardents avant même d'arriver, rayonnants quand ils étaient admis. Hitler était un danger. Theodor Lohse était-il un danger ? De celui-là, les journaux parlaient tous les jours. Quand voyait-on le nom de Theodor Lohse ?

Mais il exigeait qu'on lui fût soumis, le grand, le naïf, le barbare, vivant dans l'ivresse de l'exaltation. Des êtres qui connaissaient si peu de chose étaient à eux-mêmes leur tout. Ils ignoraient toute forme de commerce. Ils n'en avaient pas besoin. Quand le

Führer quittait son bureau, cinquante hommes le saluaient dans l'antichambre, et vingt se mettaient au garde-à-vous. Il se déplaçait en automobile. Peut-être qu'il ne savait pas tout. Que quelqu'un d'autre tirait les ficelles. Mais lui, tout le monde le connaissait. Qui saluait Theodor Lohse ?

Le commandant Seyfarth était mécontent. De quel droit Theodor négligeait-il ses devoirs envers lui ? Theodor lui rappela ses services rendus. Oui, Theodor le menaçait. Le commandant bondit. Theodor n'avait-il pas prêté serment ? Les serments, ça pouvait se briser. La puissance de Theodor s'appuyait sur deux cents audacieux. Theodor exagérait. Il exerçait son prestige sur cinquante lycéens, à peine. C'étaient de petits jeunes gens craintifs.

Seyfarth n'insista pas. Il connaissait un moyen de se tirer d'affaire. N'y avait-il pas suffisamment de travail digne de Theodor Lohse ? Agitation ? Propagande ? Peut-être dans la Reichswehr ? N'était-ce pas là une solution ? On pouvait y nouer des relations précieuses.

Theodor réfléchissait : les deux cents hommes lui avaient fait de l'impression. Maintenant il avait peur. L'armée promettait beaucoup. Les revenus qu'il avait de l'Organisation lui seraient-ils toujours assurés ? Certes, ils le seraient, et, de plus, il toucherait la solde. Il accepta.

Rentré chez lui, il s'examina dans un miroir. Il n'était pas différent du Führer. Nul ne l'impressionnait. Il foudroya du regard sa propre image. Il articula un mot pour essayer sa voix. Elle portait. Elle pouvait tonner.

Il établit un plan pour la Reichswehr : trouver des

gens qui lui seraient dévoués, être leur éducateur, leur chef, avoir droit de vie et de mort sur cent, deux cents, mille hommes armés.

Il fit son entrée à la caserne ; un jour suffit à régler les formalités. Il entrait avec cinq recommandations. Potsdam était son lieu de garnison. Il portait un uniforme coupé à la dernière mode. La vareuse n'était pas étroite comme dans le temps. C'était dans le nouvel esprit de l'armée. Les tresses argentées sur les épaulettes laissaient apparaître un liséré de tissu. La baïonnette avait une poignée à nickelage satiné. Elle n'était pas prévue dans le règlement, mais on la tolérait avec le sourire. Chaque matin, il commandait l'exercice. Il en avait été privé pendant longtemps. Il avait devant lui deux rangées d'hommes. Il notait la moindre transformation de tel ou tel corps. Il remarquait quand quelqu'un bougeait, quand des bottes n'étaient pas cirées, un canon de fusil pas graissé, un sac bouclé de travers. Il ordonnait de se mettre à genoux, on obéissait. Il ordonnait de courir, on courait. Il tonnait « Garde à vous ! fixe ! », on exécutait.

L'après-midi, il dirigeait l'instruction. Il lisait des tracts de Trebitsch. Il énonçait des idées personnelles. Il faisait un mot d'esprit. Les soldats riaient. Il croyait voir que l'un d'entre eux était malade. Il le renvoyait chez lui. C'était un camarade pour eux. Il leur tapait sur l'épaule. Il leur parlait de filles. Le lundi, il leur demandait s'ils avaient passé un bon dimanche. Le samedi, il leur souhaitait un dimanche agréable. Il proposait aux punis d'intercéder en leur faveur auprès du colonel. Lui-même, il évitait les punitions et se contentait de réprimandes. Il rassemblait autour de lui tous ceux qui avaient fait la guerre.

Il annonçait des conférences pour le soir. Beaucoup y venaient. Sa compagnie prodiguait les applaudissements, en entraînait d'autres à sa suite. Au bout de quelques semaines, il pouvait parler librement. S'il demandait combien étaient prêts à le suivre envers et contre tout, tous se levaient, tous. Il leur faisait prêter serment, un par un. Il leur donnait de l'argent et des tracts à distribuer.

Il causait peu avec les officiers. Il venait au cercle militaire. Ils parlaient du dollar, comme tout le monde. Le sous-lieutenant Schütz, fils d'un gros banquier, avait acheté des valeurs au colonel. C'était une période de hausse. La bonne humeur du colonel égayait le cercle. Tous voulaient des valeurs. Ils savaient ce qu'étaient les effets, la hausse et les agios. Le sous-lieutenant Schütz leur prêtait de l'argent à tous. Il en prêtait aussi à Theodor.

Theodor suivait les cours, dans les journaux du soir.

CHAPITRE 13

Il suivait les cours.

Son pécule augmentait, il apprenait à parler de l'accroissement du capital. Maintenant, il avait la voie libre. La voie qui menait à des villas éclatantes de blancheur, dans le parc zoologique, entre des pelouses veloutées, derrière des grilles d'argent, avec des laquais gourmés et des tableaux dans des cadres d'or. Cela aurait fait oublier presque tout le reste à Theodor. Efrussi était plus puissant que tous. On n'en finissait jamais d'être son précepteur. L'accroissement du capital menait aux secrets de toute puissance.

Il avait toujours aimé l'argent, lui, Theodor Lohse. À l'école, il avait réalisé sa première affaire. Il faisait une collecte pour une couronne. Le petit Berger était mort. Il réunit deux marks quarante pfennige. Il eut la couronne pour deux marks dix pfennige. Il garda les trente pfennige. Il les garda toute une année.

Il avait toujours été économe. Lorsqu'il était étudiant, puis, plus tard, à l'armée, il avait appris la valeur du moindre sou. Il n'y eut que les premiers chèques de Trebitsch qu'il dépensa étourdiment. Il le regretta par la suite. Il regrettait toujours d'avoir dépensé de l'argent.

Il voyageait en civil et en troisième classe. Il achetait des cartes de tramway hebdomadaires. S'il était en uniforme, il allait à pied.

Le matin, au champ d'entraînement, quand c'était l'heure de la pause, il voyait la marchande de sucreries entourée de soldats. Elle vendait de la limonade. Ils étaient tout en nage et buvaient. Theodor mâchonnait du chewing-gum.

Il fumait trois fois par jour, après chaque repas. Un cigare lui suffisait. Il l'éteignait, le rallumait.

Il voyait son pécule augmenter. Quand il serait riche comme Efrussi, il s'achèterait un Theodor Lohse.

En attendant, il restait à regarder les vitrines et calculait ce qu'il pourrait acheter s'il revendait ses actions. Parfois il se renseignait auprès de courtiers ambulants sur le prix de telle ou telle maison. Il reçut beaucoup de propositions. Il faisait le tri entre celles qui dépassaient ses moyens et celles qui pouvaient lui convenir.

Tout cela lui aurait presque fait oublier ses devoirs. Il était semblable au fiancé qui manque le lever du soleil au jour de l'accomplissement. Son œil aux aguets s'égarait vers des buts étrangers. Son oreille endormie n'entendait plus les orages prometteurs de l'époque. Il ne voyait plus Trebitsch. Il n'écrivait plus pour le *Nationaler Beobachter.*

Il passait avec indifférence près des magasins d'alimentation devant lesquels manifestaient des foules affamées. À Potsdam, des ouvriers avaient pillé des boutiques pendant l'après-midi.

Il y avait peu d'animation à la caserne. Une compagnie étrangère de mitrailleurs s'installa et resta — nul ne sut combien de temps. Personne ne connaissait le lieutenant qui la commandait.

On ne parlait guère, le colonel était assis, raide et taciturne. Il avait des joues rubicondes veinées de bleu. Quand il se taisait, elles pendaient au-dessus de son col comme de petites pochettes en peau. Au bout de la grande table, là où les «jeunes gens» avaient pris place, on ne plaisantait plus. On lisait les journaux, les rubriques politiques, et on ne pensait pas à l'argent

Il régnait une atmosphère d'inquiète solennité, comme si l'on attendait une catastrophe bienheureuse. Le commandant Lübbe fit une conférence sur l'avenir de la guerre aérienne. C'était cette fameuse conférence que le commandant Lübbe avait coutume de faire plusieurs fois par an. Il la lisait dans un vieux numéro de la *Kreuzzeitung*. Alors qu'il était capitaine, il avait écrit un article sur les guerres aériennes. Il y avait longtemps de cela. Quand il le lisait, les officiers supérieurs s'éclipsaient. Seuls les jeunes gens devaient rester et écouter. Ils écoutaient. Le commandant parlait de Zeppelin. Il avait été une fois l'invité du comte Zeppelin. Et à vrai dire, le discours ne traitait pas de la guerre aérienne, mais de la personne du comte.

Cette fois, les officiers supérieurs ne s'éclipsèrent pas. Le moment n'était pas indiqué. La gravité de l'heure exigeait le plus strict accomplissement des obligations militaires et sociales. Mais cette fois aussi, le commandant ne parla plus tant du comte Zeppelin. Il parla de l'époque du comte, la compara avec le temps présent et exhorta à l'unité allemande. Il parla des tâches qui attendaient. Et même les officiers supérieurs écoutaient.

À deux semaines de là, on devait inaugurer une plaque commémorative. Pour l'occasion, le régiment avait invité tous les vieux officiers et le général Ludendorff. Il vint, naturellement. Le colonel l'annonça au cercle ; il parlait lentement, on voyait distinctement ses mâchoires articuler chaque son et, ce faisant, ses petites poches ballotter.

On se remit à l'exercice avec des forces nouvelles. On astiquait les fusils, on graissait les canons, on se faisait la main. La musique jouait, elle donnait à de vieilles marches une fraîcheur nouvelle.

Et dans les villes, les gens étaient affamés. Les journaux propageaient en lettres de feu des bruits de grève générale. Le soir, les ouvriers sortaient furtivement dans les rues, d'un pas mou et pesant. Leurs femmes attendaient. Les hommes ne revenaient pas. Le foyer était froid. Il n'y avait rien à manger. À quoi bon rentrer ? Ils allaient au café. Ils avaient juste assez pour de l'eau-de-vie. Une fois ivres, ils ne souffraient plus de la faim. Ils titubaient, marchaient en traînant les pieds sur l'asphalte. Il y avait des rues barrées. Hérissées de casques de policiers. Des rideaux de fer pendaient au-dessus des vitrines fracassées, comme des couvercles de cercueil. Des coups de feu retenus attendaient leur heure sanglante.

Un ordre secret parvint à Theodor : décupler l'ardeur générale. Theodor le reçut comme une sonnerie de trompette. Son heure était proche. Il se tenait prêt. Il s'équipait pour le grand jour. Ce pouvait être aujourd'hui comme demain.

Il convoqua sa garde. Les jeunes gens se rendirent à l'appel. Ils amenaient avec eux de nouveaux camarades de la Ligue Bismarck. Ils apportaient des pistolets pour s'exercer au tir. Theodor alla voir le chef armurier. Tous les fusils étaient astiqués. De vieilles baïonnettes reluisaient. Les jeunes gens restèrent une journée à la caserne. Comme la rouille des vieilles armes était enivrante ! et éblouissant, l'éclat des neuves ! Pouvaient-ils savoir ? Ce fusil et cet autre avaient fait toutes les guerres. Tué des ennemis. Une force immense émanait de la crosse d'un fusil. La poignée d'un sabre avait un effet magique. Quel vaillant cavalier l'avait brandi ? L'acier était devenu terne... Par le sang ! disaient-ils. Les taches de rouille étaient des taches de sang. Le sang de l'ennemi collait aux armes.

Le dimanche, le général arriva.

Le dimanche, le régiment fit une sortie, tambour battant. Le soleil d'octobre brillait comme au printemps. Des gens leur faisaient signe par les fenêtres. Des drapeaux flottaient. Des enfants couraient derrière eux. C'était comme en temps de paix. Beaucoup oubliaient leur indigence.

Ils se tenaient devant le général. Le vieil aumônier de division fit une allocution. La pointe du casque de Ludendorff baignait dans le soleil. Un léger cliquetis de décorations parvenait du côté des officiers, comme une petite musique argentine. Les éperons tintaient comme des clochettes. Le souffle des hommes stagnait dans l'air comme une couche de pesante solennité. On entendait les officiers parler à voix basse au milieu de la place. Un grand rire bref du général. On aurait dit quelque chose comme un gargouillement.

Le général prononça trois phrases à la droite de la plaque commémorative. Ses mots étaient durs. Ses mains reposaient sur le pommeau de son sabre. On aurait pu le prendre pour une statue, une statue habillée.

Puis il descendit, il mettait son monocle quand il parlait à quelqu'un. Il parla avec Theodor. Dire qu'un jour, je lui ai écrit une lettre, pense Theodor. Comme tout cela était loin ! Comme Theodor était jeune, il y a encore six mois ! Maintenant, Ludendorff le connaît.

CHAPITRE 14

Des ordres secrets disaient de se tenir prêt pour le deux novembre. Theodor avait trois semaines devant lui. Il ne dormait plus. Une agitation sans but emplissait ses journées. Le soir, il faisait le compte de cette activité dépensée en vain. Pendant ses nuits blanches, il retournait interminablement dans sa tête la décision qu'il avait prise, mais sans plan arrêté : devenir puissant. Les événements le gagnaient de vitesse, le prenaient à l'improviste. Si le deux novembre il n'était encore qu'un intermédiaire et non un chef, simple maillon d'une chaîne au lieu d'en être le commencement, un individu entre tant d'autres au lieu d'être leur supérieur, alors, il aurait laissé passer son heure. Il ne serait plus promis à aucune gloire, seulement à une petite fin modeste.

Au milieu des soucis qui le harcelaient surgissaient des rêves d'héroïsme, l'appel de sa mission retentissait, une jubilation rouge le transportait. Günther et Klitsche et dix-huit ouvriers étaient morts, vain succès de huit mois de zèle. Theodor avait été l'instrument dont un bon plaisir étranger avait abusé. Pour quoi ?

Il en imputait à lui seul la responsabilité. Il la portait allégrement quand il parvenait à atteindre son but ; elle l'anéantissait quand il devait abandonner en chemin.

Il ne pouvait plus s'arrêter. Mais il s'était donné du temps, une année au moins, il en était encore à tisser ses fils, les êtres et les choses se cachaient encore devant lui. On l'avait mis à l'écart, son zèle l'avait trahi, il aurait dû choisir plus posément ses procédés. Maintenant, il faisait ce que cent autres faisaient : tenir des conférences, distribuer des tracts. Il n'était pas allé à Munich depuis longtemps... qui sait, d'autres hommes dirigeaient, et le hasard amènerait au jour un nouveau Klitsche.

Un an encore — et il serait peut-être riche, et l'argent lui donnerait tout ce que le zèle ne suffisait pas à acquérir. Mais le deux novembre était presque là. L'approche du grand jour le déroutait, ôtait tout sang-froid à ses décisions. Le sol lui manquait sous les pieds, son chemin ne montait plus.

Il passait des demi-journées à faire la route entre Potsdam et Berlin. Il lisait le courrier à son bureau, il allait voir Trebitsch. Trebitsch était l'exemple d'un calme qui ne se laisse arrêter par rien. Il se comportait comme s'il était hors de cause. C'est ainsi que devaient être les hommes qui forgeaient le deux novembre, doux et candides. Sa barbe lui donnait l'apparence du personnage digne et inoffensif, de l'homme de l'Idée, du savant qui ne se doute de rien. Seul un mot prononcé distraitement aurait pu le trahir. Il voyait chaque transformation, comme Theodor quand il faisait face à sa compagnie. Il parlait de l'« autre manière » de traiter les ouvriers. Peut-être s'agirait-il à l'avenir de lutter contre le radicalisme de gauche. Le mot d'ordre était : rester prudent ; approcher, mais ne pas provoquer.

Theodor renfermait en lui-même, à l'abri de tout risque de révélation, le vieux souhait qui prenait confusément et prudemment forme : jeter un pont vers les autres. Les paroles du serment avaient cessé de résonner à ses oreilles, leur caractère redoutable avait pâli, leur menace avait perdu toute réalité. Que pouvait-il arriver à un homme puissant ? Le danger le guetterait sur sa route jusqu'à ce qu'il arrivât aux autres. Ne guettait-il pas ici aussi ? Les autres offraient un terrain d'entente plus facile. Theodor les supposait honnêtes. Ici, ce n'était qu'égoïsme, on ne pensait qu'à l'argent, à sa place, à sa femme et à ses enfants. Là-bas vivaient les Goldscheider, les crucifiés qui prêchaient le Bien et le Nouveau Testament.

Pour l'instant, il y a peu de danger. Il reste toujours une porte ouverte ; aujourd'hui, Theodor peut faire des tentatives pour son propre compte. À qui doit-il en rendre raison ? Qui le soupçonne ? Il peut répondre de tout. On comprendra aisément qu'il tienne secrètes des entreprises dont le succès est basé sur le secret. Il peut tenter l'aventure.

Qu'était-ce que le socialisme ? Un mot. Il ne faut pas y croire. À quoi croyait-il aujourd'hui ? Sur l'autre bord il serait un homme précieux. Les autres lui tendaient les bras. Il connaissait les dessous des décors.

Pendant ses nuits blanches, son plan prenait forme, se mettait à exister et n'attendait plus qu'à être réalisé. Theodor n'avait plus le temps. Il devait faire les premiers pas avec prudence.

Était-il un traître ? Il ne l'est pas. En vérité, il ne veut qu'épier les autres, surveiller ses espions. Il ne pouvait pas se permettre de longuement réfléchir. Délibérer affaiblit les décisions. Il n'avait pas le temps.

De jour en jour les titres des journaux devenaient plus explosifs. Déjà, les ouvriers métallurgistes faisaient grève en Saxe. On parlait de trains qui étaient arrêtés, n'importe où.

À la caserne, on avait mis en place un double piquet d'alerte.

CHAPITRE 15

Au nombre des espions douteux et suspects dont Theodor s'était débarrassé se trouvait Benjamin Lenz. Il faisait des doubles rapports : à Trebitsch et à Theodor. Il recevait de l'argent de l'un et de l'autre. Theodor connaissait son adresse.

Benjamin Lenz était un Juif de Lodz. Pendant la guerre, il avait fait de l'espionnage pour un service d'information. Son visage le trahissait : ses pommettes saillantes projetaient des ombres dans ses orbites, le bas du front avec les sourcils avançait, ses petits yeux noirs étaient enfoncés comme dans des fonds de vallée, protégés de tous les côtés, et il était difficile de distinguer la direction de ses regards, tant ils parvenaient d'une profondeur lointaine. Le menton était large et court, le nez camus. Mais ce crâne, qui aurait convenu à un corps trapu, reposait sur un cou mince, entre des épaules étroites et dégagées. Benjamin Lenz avait des articulations fines, des poignets menus, des doigts longs et nerveux.

Il était venu en Allemagne avec l'armée qui rentrait, il avait traversé beaucoup de villes. Il avait des recommandations de l'armée. Les policiers, généralement pleins d'animosité contre ceux qui venaient de l'Est, faisaient à Benjamin des clins d'œil entendus. Il était dans leurs bonnes grâces et tenait la caisse du panorama ambulant sans être inquiété, faisait tourner l'orgue de Barbarie du manège, falsifiait des rapports pour des missions à l'étranger, subtilisait dans des bureaux des papiers et des sceaux, faisait de l'espionnage en Haute-Silésie, se laissait enfermer avec des prévenus, surprenait leurs conversations et attendait que « son jour » arrivât.

Son idée s'appelait : Benjamin Lenz. Il haïssait l'Europe, le christianisme, les Juifs, les monarques, les républiques, la philosophie, les partis, les idéaux, les nations. Il se mettait au service des puissances pour étudier leurs faiblesses, leur iniquité, leur perfidie, leur vulnérabilité. Il les dupait plus qu'il ne leur était utile. Il détestait la bêtise européenne. Son intelligence la détestait. Il était plus intelligent que les politiciens et les journalistes, et que tout ce qui possédait le pouvoir et les moyens de l'exercer. Il essayait sur eux sa force. Il vendait les organisations à leurs adversaires politiques ; il livrait pêle-mêle aux ambassades françaises le vrai et le faux ; il s'amusait devant le visage crédule de celui qu'il trompait et qui puisait dans des faits inexacts la force d'accomplir une nouvelle cruauté ; il s'amusait de l'ébahissement imbécile des diplomates infatués d'eux-mêmes, des conseillers gâteux et édentés, des féroces porteurs de croix gammées ; il s'amusait de les voir abusés. Il se trompait rarement. Il n'avait pas su que Klitsche était mort et qu'un autre avait pris sa place. Il se rendit donc suspect lorsque Theodor découvrit la combine des doubles qu'il pratiquait depuis longtemps avec succès. Il en prit son parti. Il travaillait pour Trebitsch avec des matériaux truqués. Même lui, il le surpassait. Il jouait au petit mouchard stupide. Il se faisait expliquer plusieurs fois ce dont il était chargé. Il refusait les affaires embrouillées. Il faisait celui qui a juste assez de bon sens pour se rendre compte de ses propres limites.

Et il attendait.

Pour que « son jour » arrivât, il fallait que la folie qui sommeillait ait éclaté dans toute l'Europe. Ainsi, il s'employait à accroître la confusion, à exciter les instincts sanguinaires et la soif de tuer, il vendait l'un à l'autre, ces deux à un troisième, et ce dernier également. Il gagnait de l'argent. Mais il habitait une petite chambre dans un hôtel crasseux. Il mangeait dans des tavernes obscures, avec des mendiants et des maraudeurs. Il faisait des économies pour son frère, ses deux sœurs et son vieux père. Le père était coiffeur à Lodz où il avait une petite boutique de barbier juif. Il fallait pourvoir à la dot des sœurs. Quant au frère, il était étudiant en chimie et c'était lui qui recevait la plus grande part de ce que gagnait Benjamin. Il fallait que ce frère pût un jour fonder sa propre usine. Jamais Benjamin ne le voyait. Jamais il n'écrivait à son père, à Lodz. Il n'avait pas le temps, Benjamin Lenz ; il travaillait à préparer le jour de son avènement.

Theodor ne l'avait pas renvoyé seulement à cause des doubles. Il devinait son intelligence. Il sentait le Juif en Benjamin ; de même qu'un chien de chasse flaire partout le gibier, Theodor flairait un Juif là où il rencontrait une supériorité.

Lenz arriva une demi-heure en retard, il fit attendre Theodor, il faisait attendre tous ceux qui avaient besoin de lui. Mais il se refusa à satisfaire à la demande de Theodor. Il refusait toujours. Mener Theodor Lohse aux autres ? Le camarade Trattner ? Ils le connaissaient, ils connaissaient le portrait de Theodor. Klaften l'avait encore dessiné deux ou trois fois : frappant de ressemblance.

Theodor avait enterré cette affaire Klaften. Il demanda comment elle s'était terminée. « Ni bien ni mal », dit Lenz. Le jeune terroriste Thimme était devenu indicateur de police. Goldscheider était à l'hôpital. Klaften était un peintre en renom. Le portrait de Theodor avait obtenu un prix dans une exposition. Au bout d'un quart d'heure, Benjamin Lenz ne refusait plus. Lisait-il dans les êtres ? Bien sûr, disait Lenz, on pouvait tout oublier, si Theodor venait en ami. Ou semblait venir en ami.

Ainsi allèrent-ils.

CHAPITRE 16

Ils étaient assis, trois hommes, au café de la Potsdamer Platz. Entre eux passaient des mots indifférents, la méfiance leur serrait la gorge, la peur paralysait leur langue. À une table voisine se trouvait Benjamin Lenz.

Theodor regrettait. C'était trop tard. Il ne s'était pas douté à quel point ce serait difficile. Personne ne l'aidait. Il devait s'y mettre lui-même. Il lui semblait que l'on se délectait de ses tourments.

C'était exactement comme autrefois — il y avait bien longtemps — à l'école, quand il devait dire autre chose que ce qu'il avait appris par cœur à l'avance. Il y avait du bruit dans le café, aux tables voisines les habitués bavardaient, les tasses s'entrechoquaient, et pourtant il était saisi par un grand silence, comme si l'attente s'était emparée de tous les êtres. Il ne se reprit que dans la rue, une fois qu'ils se furent remis en route. Il marchait entre deux petits hommes noirs qui gravaient chaque mot dans leur mémoire.

Il ne déguisait pas sa pensée. À quoi bon l'aurait-il fait? Il pouvait toujours démentir; faire passer pour simulation un aveu sincère. Ses raisons véritables étaient convaincantes.

Il parla de son insatisfaction ; dépeignit la méfiance qui l'entourait ; reconnut qu'il agissait par ambition.

Plus tard, dans un bureau, il livra le fin mot de quelque secret.

Il était tard lorsqu'il s'en alla, il se rendit à Potsdam, il lisait un journal du soir. Quand il leva les yeux, il vit Benjamin Lenz. Il était assis en face de Theodor.

Ils allaient, dans le soir de Potsdam, par de vieilles rues étroites qui paraissaient totalement irréelles, et Benjamin guidait Theodor, et Theodor ne savait pas qu'il était guidé. Benjamin parlait du deux novembre, il ne croyait pas aux révolutions. Il croyait à une petite boucherie qui méritait à peine qu'on s'en souciât, chose courante en Allemagne et, à vrai dire, susceptible de se reproduire toutes les semaines.

Peut-être parlait-il franchement, cette fois, Benjamin Lenz.

C'était un soir mélancolique, avec des nuages violets à reflets jaunes, avec une brise douce et prudente, et Theodor marchait dans les murmures du feuillage, le long de la rue qui menait à la gare, et il se sentait ému, comme naguère, dans les champs du baron von Köckwitz.

Et une telle chaleur émanait de Benjamin Lenz que Theodor commença à parler, il ne pesait plus ses mots, il se plaignait de Trebitsch et de l'ingratitude en général. Que faisait dans la Reichswehr un homme de la classe de Theodor Lohse ?

En effet, que faisait un tel homme dans la Reichswehr ? Benjamin Lenz lui renvoya la question, tel un écho réconfortant. Qui l'avait mis à l'écart? Il s'agissait de le savoir. Il fallait connaître son adversaire.

Lenz le savait bien. Avec Benjamin Lenz, il fallait bien se tenir.

Que savait-il, rien que sur Theodor? Tout. Se doutait-il aussi de l'affaire Klitsche? Il la connaissait. Il dit :

« Vous ne pouvez pas avoir répandu le sang pour rien, lieutenant Lohse. D'autres peuvent tuer sans scrupules, au nom d'une idée, ou parce qu'ils sont criminels de naissance. Mais vous, monsieur Lohse, vous ne croyez plus à aucune idée, et vous n'êtes pas né criminel. Vous n'êtes pas non plus un politicien. Votre métier s'est emparé de vous par surprise. Vous ne l'avez pas choisi. Vous n'étiez pas satisfait de votre existence, de vos revenus, de votre position sociale. Vous auriez dû essayer d'obtenir davantage, mais dans le cadre de votre personnalité, jamais en menant une vie contraire à votre nature et à vos aptitudes personnelles. »

Non, Theodor ne pouvait pas, il n'avait pas le droit. Il aurait aussi bien pu rester petit et effacé sans les raccourcis qu'il avait pris; il serait précepteur chez Efrussi, et content de l'être.

En cette soirée mélancolique, il pensa à Mme Efrussi. Au doux contact de son bras dans l'auto, à son sourire.

C'était vers elle et vers ses semblables que conduisait le chemin au bout duquel était la puissance. Comme il parlait franchement, Benjamin, l'espion. Il est des soirs, pensait Theodor, où les hommes doivent devenir bons, être désensorcelés.

Alors, il pensa aussi à Günther, Günther qui avait aimé sa fiancée; il voyait ce visage, avec des éclats violets sous les yeux, et la mâchoire supérieure apparaissant sous la lèvre convulsivement relevée.

Les trains sifflaient nostalgiquement dans la nuit, la paix descendait du ciel bleu.

Benjamin Lenz marche à côté de Theodor Lohse, et il est peut-être son ami.

« Il est ton compagnon d'armes, Theodor. Sa ruse est utile. À deux, on est vainqueur. Et qui d'autre que Lenz pourrait être ton allié ? Benjamin Lenz comprend Theodor Lohse. »

Ils revinrent sur leurs pas ; entre eux planait le bon silence apaisant de l'amitié. En se quittant, ils se serrèrent la main. Cette poignée de main était un pacte tacite.

CHAPITRE 17

Depuis ce soir-là, Benjamin Lenz venait chaque jour à la caserne de Potsdam, au bureau de Berlin. Combien d'armes Theodor avait-il distribuées à ses jeunes gens de la Ligue Bismarck ? Avait-on préparé l'évasion de Marinelli ? Y avait-il souvent des courriers de Leipzig à Munich ?

Benjamin savait tout ; il en savait plus qu'on ne lui en disait. Ainsi, il mena Theodor aux autres. Theodor crut reconnaître des visages de Munich : Klatko, mutilé pendant les luttes électorales de Haute-Silésie, le déserteur Conti de Trieste, le sergent-fourrier Fritsche de Breslau, l'ancien brigadier de police Glawacki, le relieur Falbe du Schleswig-Holstein.

Une semaine durant, il alla aux réunions. Il vit les salles enfumées, mal éclairées, où régnait une odeur de taverne ; il entendit les voix des orateurs, des aiguës, des graves qui semblaient venir de la tombe, des éraillées, d'autres qui faisaient des bruits de crécelle, il entendit par milliers, les cris de l'auditoire, il était debout, tout proche de ces hommes, il respirait leur sueur et leur pauvreté, regardait leurs pupilles flamboyantes, voyait des visages décharnés sur des cous osseux, des mains anguleuses au bout de poignets frêles, comme vidés de substance ; il vit des moustaches peignées au hasard au-dessus de bouches édentées, des dents noires, ébréchées, entre des lèvres ouvertes, des pansements imbibés d'iodoforme sur des bras dénudés. Il vit des femmes avec de rares cheveux, tout raides, d'un blond oxygéné, il vit leur indigence, leur cou desséché, leur peau diaphane et jaunâtre qui tombait en lambeaux comme une chiffe. Il vit des mères qui serraient contre leur sein fané des enfants à la tête énorme, il vit des jeunes gens avec des boucles audacieuses sur leur front courageux, mais déjà marqués par le travail et la maladie, les orbites anormalement creusées ; il vit des filles encore jeunes dans de lourdes chaussures, le visage blême, les lèvres peintes, le regard en quête d'un homme, il entendait leurs voix criardes piailler sans retenue. Il les voyait boire, sentait l'odeur de l'alcool, ne comprenait pas leur dialecte, souriait d'un air absent quand quelqu'un le bousculait. Ces êtres lui étaient étrangers, ils avaient des visages étrangers, ils n'étaient pas de son monde, pas de ce monde. Il ne les plaignait pas, il voyait qu'ils devaient souffrir, mais il n'arrivait pas à se faire une idée de leur souffrance. Pris isolément, il les aurait peut-être compris, mais dans la foule, il n'y avait pas de contours, pas de points fixes. Tout était vague et flottant. Il ne savait pas comment ils aimaient, ni comment ils pleuraient. Il voyait comment ils mangeaient — du pain qu'ils extirpaient de leurs poches ; ils le prenaient entre le pouce et l'index, l'émiettaient et, se cachant derrière leur main, bourraient leur bouche avide. Mais comment leur langue, leur palais étaient-ils faits ? Comment leur goût fonctionnait-il ? Parfois, quand ils clamaient leur joie, leurs cris sonnaient comme une menace, et des hurlements de colère n'auraient pas produit d'impression différente.

Il ne les aimait pas. Il avait peur d'eux, Theodor Lohse. Il haïssait sa propre peur. Lieutenant Lohse, disait Benjamin Lenz, voici le peuple allemand pour lequel vous croyez travailler. Les officiers dans leur cercle ne sont pas le peuple. Et Benjamin Lenz était content. Il en allait ainsi, en Europe, où l'on ne disait pas ce que l'on faisait, et inversement. Où l'on prend pour le peuple les officiers et les étudiants. L'Europe, dans laquelle il y a des nations qui ne sont pas des peuples.

Alors Benjamin Lenz se rendit chez Trebitsch et raconta les circonstances de la trahison de Theodor Lohse. Il avait déjà lui-même divulgué depuis longtemps ce qu'il avait appris par Theodor, Benjamin Lenz. Et il mit Trebitsch en garde : encore quelques jours, et Lohse dévoilerait les dépôts d'armes, la libération de Marinelli, les rapports entretenus avec la Reichswehr, les fusils de la Ligue Bismarck.

Benjamin Lenz était très content. Ce soir-là, il glissa des billets dans une enveloppe et les envoya à son frère.

CHAPITRE 18

Comme il aimait cette époque, Benjamin Lenz, comme il aimait ces hommes ! Il grandissait parmi eux, prospérait, accumulait des forces, accumulait des secrets, accumulait de l'argent, accumulait des amis, accumulait de la haine. Son œil aux aguets buvait le sang de l'Europe, son oreille chafouine le bruit des armes, les détonations brutales des coups de feu, les hurlements de la violence, le dernier râle des agonisants et le mutisme frémissant des morts.

Ceux qui se développaient autour de Benjamin s'étiolaient avant d'arriver à maturité, ceux qui y étaient déjà parvenus se haïssaient les uns les autres, les bons et le bien se desséchaient, les petits enfants dépérissaient ; les vieillards étaient piétinés dans les rues ; les femmes vendaient leur corps malade ; les gueux étalaient leurs infirmités, les riches leurs billets de banque ; des jeunes gens fardés gagnaient leur vie sur le trottoir ; les ouvriers allaient au travail d'un pas malade et furtif, comme les ombres d'êtres morts depuis longtemps et qui auraient dû continuer à traîner derrière eux la malédiction de leur tâche quotidienne ; d'autres s'enivraient et poussaient dans les rues des cris de joie déments, derniers signes d'allégresse avant le déclin ; les voleurs ne prenaient plus la peine d'agir par en dessous et exhibaient sans honte leur butin ; les brigands avaient quitté leur repaire et faisaient leur besogne au grand jour ; quand quelqu'un s'écroulait sur le trottoir, un autre qui passait lui prenait son vêtement ; la maladie se propageait par les cours poudreuses dans les maisons des pauvres, stagnait dans les pièces obscures, s'infiltrait sous la peau ; l'argent filait entre les doigts de ceux qui avaient tout, ils étaient repus, la puissance leur appartenait ; la peur des affamés nourrissait leur barbarie ; la prospérité de leurs biens les gonflait d'arrogance ; ils buvaient du champagne dans des palais éblouissants de lumière ; ils allaient en pétaradant des affaires au plaisir et du plaisir aux affaires ; des piétons périssaient sous leurs roues ; leurs chauffeurs filaient à fond de train sans s'arrêter ; les fossoyeurs faisaient grève ; les ouvriers métallurgistes faisaient grève ; devant les aliments protégés sous des vitrines miroitantes, des cous décharnés s'allongeaient, des yeux exorbités s'allumaient ; des poings sans force se serraient dans des poches déchirées.

Aux chambres du Parlement, des esprits superficiels faisaient des discours. Les ministres se vendaient à leurs subordonnés et étaient leurs prisonniers. Les procureurs s'entraînaient dans des détachements d'assaut. Les juges cassaient des réunions. Les orateurs nationaux, colportaient de grandes phrases ronflantes. Les Juifs astucieux donnaient de l'argent. Les Juifs pauvres recevaient le bâton. Les gens d'Église prêchaient le meurtre. Les prêtres brandissaient le gourdin. Les catholiques étaient suspects. Les partis perdaient leurs supporters. Les langues étrangères étaient abhorrées.

Les étrangers étaient conspués. Des chiens fidèles égorgés. Des chevaux de fiacre dévorés. Les employés de bureau étaient assis derrière des guichets, derrière des grilles, inaccessibles, à l'abri de la colère, ils souriaient et donnaient des ordres. Les maîtres, rendus furieux par la faim, distribuaient des corrections. Les journaux inventaient les atrocités commises par l'ennemi. Les officiers aiguisaient leur sabre. Les lycéens tiraient. Les étudiants tiraient. Les policiers tiraient. Les petits garçons tiraient. C'était une nation qui tirait.

Et Benjamin vivait au milieu de visages convulsés, de membres disloqués, d'échines courbées, d'échines rossées, de poings tendus, de pistolets fumants, de mères outragées, de mendiants lépreux, de patriotes ivres, de pots de bière mousseux, d'éperons sonnants, d'ouvriers criblés de balles, de cadavres ensanglantés, de sépultures violées, de charniers ensevelis sous les décombres, de caisses fracturées, de barres de fer, d'épées fracassantes, de décorations cliquetantes, de généraux paradants, de casques étincelants.

Ah ! Comme il les aimait, Benjamin Lenz ! Et comme il pouvait les haïr et entretenir leur haine ! Il devinait le vivant barbare et flairait l'odeur de la pourriture. Benjamin attend, ils deviendront sa proie. Ils s'entre-déchireront et il assistera à leur fin. Comme Benjamin aimait Theodor, l'Européen haï, Theodor, le lâche et le cruel, grossier et sournois, ambitieux et médiocre, cupide et frivole, le raciste, l'impie, l'arrogant et le servile, le bafoué, l'arriviste Theodor Lohse ! C'était l'homme nouveau de l'Europe : nationaliste et intéressé, sans foi, sans loyauté, sanguinaire et borné. C'était la nouvelle Europe.

CHAPITRE 19

Le vingt octobre, à onze heures du soir, Marinelli fut libéré. Une voiture qui se tenait prête le conduisit à Berlin, et de là à Potsdam ; le chauffeur avait ordre de le déposer à la caserne, chez Theodor Lohse. Theodor l'attendait. Au matin, on fourra Marinelli dans un uniforme, il resta à la caserne. Le vingt et un octobre, Benjamin Lenz vint saluer Marinelli. Puis il emmena Theodor voir Rastschuk, un Russe qui était employé de banque.

Theodor conversa avec Rastschuk sans déplaisir. Ils burent des liqueurs. Rastschuk était si grand, si fort, qu'il emplissait à lui seul le petit cabaret obscur. Il parlait bas, mais on le comprenait très bien quand même. Quand il regardait du côté du garçon, celui-ci se retournait, tout comme si on l'avait appelé. Rastschuk était vraiment très imposant.

Benjamin Lenz lui raconta la libération de Marinelli, sa fuite et son séjour à la caserne. Ce récit agaçait Theodor, il se sentait bouillir, car Benjamin s'interrompait sans cesse pour prendre Theodor à témoin de l'exactitude de ses dires. « N'est-ce pas, monsieur

Lohse ? » demandait Benjamin, et Theodor gardait le silence.

En somme, que savait-il de Rastschuk ? Qu'il avait été soldat dans l'armée blanche et qu'il travaillait à renverser les Bolcheviques. C'est ce que disait Lenz. C'est ce que disait Rastschuk lui-même. Mais Theodor n'en croyait rien. C'était égal, il était trop tard pour hésiter. Theodor partit avec Benjamin Lenz. Il est son compagnon.

Benjamin a combiné un plan. Theodor apprendra par les autres ce qui se prépare pour le deux novembre. Puis il en informera l'Organisation. Mais il pose des conditions : que recevra Theodor Lohse en récompense de ses précieux rapports ? Après le succès du deux novembre, il devra prendre une position bien en vue, à la tête du mouvement. Maintenant, il est dangereux, Theodor Lohse. Deux semaines le séparent du deux novembre.

Pour mettre les autres en confiance, il leur livre des ordres secrets.

Des ordres parviennent à Theodor Lohse. Des lettres d'amis de Munich dans lesquelles se trouvent des phrases anodines : Alfred ira chercher Paul le deux. Mais cette phrase signifie : la police de Berlin appellera la Reichswehr à la rescousse. Ou bien : notre vieil ami s'est fiancé avec Victoria — ce qui veut dire : le ministre des Armées est d'accord avec les organisations. Et encore : Martin part une semainc voir les enfants. Et Marinelli rejoint alors la Ligue Bismarck, avec les salutations de Theodor et la mission de tenir les jeunes gens prêts à l'université pour le deux novembre.

Lenz recevait ces lettres. Il les portait à Rastschuk.

En échange, Theodor apprend que les brigades de Saxe marchent sur Berlin. Qu'à Potsdam rien n'est encore décidé. Qu'à Berlin, cent cinquante-deux policiers se sont rendus aux ouvriers.

Theodor transmet tout cela à Munich, à son ami Seyfarth. Il écrit :

« Si nous nous voyions, je pourrais te raconter bien des choses. Je n'ai pas la patience d'écrire. Je suis très occupé. »

Ainsi, l'étudiant Kamm se rend à Berlin.

« Je t'envoie le jeune Kamm, écrit Seyfarth. Montre-lui Berlin, c'est la première fois qu'il y va. »

Theodor, Kamm et Benjamin Lenz déambulaient dans Berlin. Kamm avait de l'argent et ils le dépensèrent. Ils burent, au dancing et au bar Kaiser-Wilhelm, et Theodor y rencontra ses vieux amis, et ce fut une grande fête.

Les cafés, les cabarets, les dancings fermaient, ils se firent mener dans des cercles de jeu par des hommes qui parlaient à voix basse, au coin des rues, il était tard, dans la salle enfumée, on ne pouvait rien distinguer, on entendait seulement un bruit d'assiettes, les cartes qui claquaient, le rire bref des joueurs, le froissement des billets de banque.

Theodor, Kamm et Benjamin étaient assis dans des fauteuils, à l'écart de la table de jeu. Kamm n'avait plus d'argent. Il demanda à Benjamin de lui donner de quoi payer son voyage.

Il reçut juste assez pour prendre une troisième classe dans un express.

« Il faut savoir se contenter de peu ! » dit Lenz.

Puis ils discutèrent de choses et d'autres.

Lenz tenait absolument à ce qu'une « publicité de grand style » fût faite à Theodor Lohse après le deux novembre. Tous les journaux nationaux citeraient son nom. Ils devraient le présenter comme le sauveur de la ville, de la patrie. Par ailleurs, Theodor aurait bien d'autres façons de se mettre en valeur.

« On peut tous les liquider à l'avance — les uns et les autres ! » dit Kamm en s'astiquant les ongles avec un petit morceau de peau de chamois.

« On devrait essayer ! » dit Lenz d'un air moqueur.

Il sortit de sa poche l'ordre de bataille des brigades de Saxe. Lenz et Theodor accompagnèrent Kamm au train.

Kamm était à la fenêtre et faisait des signes d'adieu.

« Le bonjour à Seyfarth

— N'oubliez pas Paul ! » dit Kamm.

Alors, Lenz s'en alla. Il se fraya un passage au milieu des petites employées de bureau qui se dépêchaient. Il bouscula des femmes maquillées qui étaient là, comme perdues.

Il semblait que la nuit les eût oubliées.

Et Benjamin Lenz se rendit chez Rastschuk. On modifia à la hâte l'ordre de bataille. Lenz avait donné l'original à Kamm.

« Il faut travailler proprement ! » dit Benjamin Lenz.

CHAPITRE 20

Quelques jours avant le deux novembre, le Dr Trebitsch disparut.

Son oncle Artur était arrivé de New York. Il possédait une agence de voyages. Il disait *well* en avançant la lèvre inférieure. Il gardait son argent dans la poche de son pantalon, beaucoup d'argent, de l'argent allemand. Pour les dollars, il avait un carnet de chèques.

Il était originaire d'Autriche et s'était enfui pour échapper à une commission de recrutement. Il y avait trente ans de cela. Maintenant Artur n'avait plus de cheveux. Il avait des fils et des filles. Les fils avaient servi sous les drapeaux américains. C'étaient de valeureux fils, ils rendaient à l'armée ce dont le père l'avait privée en fuyant devant la commission de recrutement.

Il était veuf, l'oncle de Trebitsch. Il revenait en Europe pour la première fois depuis vingt ans. Il s'appelait Trewith.

La barbe de son neveu lui fit peur. Il riait beaucoup et très fort et couchait chaque nuit avec deux filles différentes.

Il demanda au Dr Trebitsch s'il ne voulait pas venir

en Amérique. Que pouvait-on bien faire en Europe ? L'Europe puait et pourrissait. C'était un cadavre.

Le Dr Trebitsch dit oui. L'oncle envoya un câble à New York. Il alla voir le consul des États-Unis. Il ôta la main de la poche de son pantalon et pour le reste aussi se comporta convenablement.

Il se prit d'une immense affection pour son neveu. Artur Trewith pleura d'émotion parce que ce petit garçon qu'il avait vu au berceau portait maintenant une grande barbe rousse ondoyante, comme un prédicateur.

Des choses pareilles pouvaient donc arriver !

Son frère Adolf était mort. Sa belle-sœur était morte. Aussi loin qu'il regardât dans toute l'Europe, il ne trouvait qu'un seul parent de son sang, et il portait une grande barbe ! C'était bouleversant.

L'oncle Trewith resta à attendre son neveu.

Le Dr Trebitsch télégraphia à Munich pour demander de l'argent. Puis il alla voir le commandant Pauli. Puis il compta sa caisse.

Des chèques arrivaient tous les jours. Trebitsch téléphonait à tous ceux qui avaient souscrit pour le Secours technique.

Efrussi, lui aussi, envoya sa contribution. Une association de gros entrepreneurs donna une avance de fonds, par crainte du deux novembre.

Trebitsch n'oubliait personne.

Il se rendit à la rédaction de la *Deutsche Zeitung*. Le journal avait organisé une collecte pour un membre accidenté du Secours technique. Trebitsch ramassa les dons.

Il n'oubliait personne.

La veille de son départ, il se fit couper la barbe.

Il alla surprendre son oncle à l'hôtel avec son visage d'adolescent imberbe. L'oncle Trewith pleura de joie.

Puis Trebitsch écrivit une unique lettre d'adieu, à Paula, une jeune femme qui travaillait au ministère de la Défense Nationale.

« Tu ne me verras plus jamais », écrivait Trebitsch.

Et Paula courut chez Trebitsch. Elle avait reçu la lettre avant de partir au bureau. La porte de l'appartement était fermée.

En redescendant, elle croisa dans l'escalier un jeune homme au visage d'enfant qui ne fit pas attention à elle, bien qu'elle portât un chapeau voyant, jaune citron. Paula en fut irritée. Mais plus fort était le chagrin que lui causait le départ du Dr Trebitsch. Elle continua donc à descendre et vit dehors, devant la porte, une automobile dans laquelle était assis un vieil Américain fumant le cigare.

Theodor vint deux fois, il trouva porte close. Il revint le lendemain avec Benjamin Lenz. Lenz apporta un crochet, il ouvrit la porte sans difficulté, elle n'était pas fermée à clé.

Ils trouvèrent les armoires ouvertes. Les tiroirs ouverts. Une chaise renversée. De vieux vêtements. Du linge sale.

Ils téléphonèrent au commandant Pauli. Il ne savait rien. Seulement que Trebitsch avait pris de l'argent.

Ils se renseignèrent auprès de la rédaction de la *Deutsche Zeitung*. On ne savait rien. Seulement que Trebitsch était venu chercher de l'argent.

Alors Lenz s'assit sur le divan et réfléchit.

« Il a filé, Lohse ! » dit Benjamin.

À neuf heures du matin, on jetait la passerelle dans le port de Hambourg. Le Dr Trebitsch était à bord du *Deutschland*. Son oncle Trewith descendit encore une fois en courant, il aperçut une jeune fille dans la foule — comme c'était gentil d'être venue ! Elle le lui avait promis la veille. Il lui fit un baiser bien sonore. Tous regardaient.

Puis il remonta en courant. La cloche sonnait.

Il courait si vite que ses grosses joues bien nourries ballottaient.

Debout sur le pont, il faisait des signes d'adieu avec un grand mouchoir. Le Dr Trebitsch, lui aussi, faisait des signes d'adieu.

CHAPITRE 21

Benjamin Lenz connaissait beaucoup de monde : le journaliste Pisk, l'imprésario Brandler, le figurant de théâtre Neumann ; le nécromancien Angeli, l'écrivain Bertuch, spécialiste des récits de voyages.

Le journaliste Pisk était un homme précieux. Il écrivait pour des journaux juifs. Des scènes de la société. De l'ancienne et de la nouvelle société. Quand une princesse mourait, il écrivait.

Mais il écrivait également sur le capitaine Ehrhardt. Il écrivait sur la carrière de Noske. Il écrivait sur le passé de Ludendorff. Il écrivait les histoires de cadet du général Hindenburg. Il écrivait sur Krupp. Il écrivait sur les filles et les fils de Stinnes.

Il écrivait sur Theodor Lohse, pour quelle raison n'aurait-il pas écrit sur Theodor Lohse ? « Il est l'homme de l'avenir ! » disait Benjamin Lenz.

Pisk avait une oreille décollée. Il portait de côté son large chapeau de manière à ce que le rebord fît ombre sur son oreille. Il le portait même quand il était au café, il ne voulait pas attirer l'attention à cause de son oreille. Ainsi, personne ne pouvait dire qu'il avait un défaut d'aspect. Tout au plus pouvait-on dire qu'il ne savait pas se conduire. Et d'ailleurs, on le disait.

Mais dans l'estaminet, en présence de Theodor Lohse, il avait pourtant ôté son chapeau. C'était le signe d'un dévouement qui ne recule pas devant le sacrifice.

Et Benjamin en conclut que Pisk a l'intention de beaucoup écrire sur Theodor.

La *Morgenzeitung* publie une série d'articles sur « les Hommes de la Révolution ». Et la *Morgenzeitung* rapporte que Theodor est l'homme qui, en une nuit mémorable, a sauvé le Reichstag du vandalisme des Spartakistes.

Au cercle militaire, on commente l'article qui a paru dans le journal juif. Les « jeunes gens » au bout de la table demandent à Theodor de bien vouloir raconter l'anecdote.

Non, Theodor Lohse n'aime pas parler de lui-même. Il dit : « Pas la peine d'en parler ! »

Et bien que même le colonel le regarde et semble marquer une pause dans le cours du repas, et que les poches des joues du colonel s'arrêtent de trembler, et que les yeux du colonel soient braqués sur Theodor, il ne raconte rien.

« Une autre fois ! À l'occasion », dit Theodor Lohse.

Pisk, par hasard, a oublié son portefeuille. « L'addition ! » demande Benjamin Lenz.

Et quand le garçon arrive près de la table et qu'il attend, légèrement incliné, Theodor doit payer. Car il est en uniforme.

Parfois, Pisk dit : « Prenons un taxi. » Pisk indique au chauffeur une destination. Il descend en cours de route, et Theodor Lohse continue.

Et Pisk a souvent encore d'autres exigences. Et Benjamin Lenz aussi a des exigences.

Maintenant, Theodor s'est chargé de remplacer Trebitsch. Il n'a besoin de quitter la caserne que trois fois par semaine.

Le colonel aussi sait que Theodor a à faire à Berlin.

À intervalles irréguliers, mais toujours rapprochés, le nom de Theodor Lohse brille dans les comptes rendus et dans les articles.

Dans les journaux juifs qui n'aiment pas la révolution.

Mais Pisk aime les hommes de la révolution. Il en vit. Depuis quelques jours, il porte un monocle, et il a dans ses papiers une carte de l'association des élèves agronomes. Ainsi il est paré contre les combats de rue et les attaques par surprise.

Benjamin Lenz, lui aussi, porte un monocle. On voit que le deux novembre est proche.

CHAPITRE 22

La veille du deux novembre, Theodor passa la nuit dans une boîte avec des camarades. On prenait sur les genoux des filles teintes de toutes les couleurs. C'était le moment de faire ses adieux à la vie. Les officiers le dirent aux filles. Et toutes les filles s'assombrirent à l'idée d'une mort prématurée. La musique jouait *La Garde au Rhin*. Un client se trouvait là, assis. Deux officiers le secouèrent pour le faire lever. Il était gros, lourd et ivre. Ils le tenaient par les épaules. Puis ils le lâchèrent. Il tomba sous la table et n'en bougea plus. Il jouait avec le seau à champagne.

Un jour gris se levait. Il pleuvait. Theodor était à la gare, il attendait sa compagnie. Elle devait être en place dans la ville pour huit heures. C'était un dimanche. La ville ne semblait pas encore éveillée. Il pleuvait.

À neuf heures, les ouvriers manifestèrent Unter den Linden. Les groupes des Jeunesses nationales à Charlottenburg. Entre les deux, il y avait des rues, des maisons, la police. Et pourtant la ville s'attendait à une collision.

À neuf heures, il pleuvait toujours. Les ouvriers marchaient dans la pluie grise. Ils étaient gris, comme elle. Leur flot était intarissable, comme elle. Ils venaient des quartiers gris, comme elle des nuages gris. Ils ressemblaient à une pluie d'automne. Tenaces, inexorables, silencieux. Ils répandaient la mélancolie. Ils arrivaient, les boulangers avec leurs visages exsangues qui semblaient faits de pâte, sans muscle ni sève ; les tourneurs avec leurs mains calleuses et leurs épaules torses ; les souffleurs de verre qui ne dépasseraient pas la trentaine : une poussière précieuse, meurtrière, étincelante leur brûlait les poumons. Les brossiers arrivaient, les orbites creusées, les pores de la peau encrassés par la poussière des soies et des poils. Les jeunes ouvrières arrivaient, marquées par le travail, avec des gestes d'enfant et des visages usés. Les menuisiers venaient. Ils sentaient le bois et les copeaux. Et les emballeurs colossaux, immenses et imposants comme des armoires de chêne. Les ouvriers des brasseries arrivaient, pesants comme de grands troncs d'arbre qui auraient appris à marcher ; les graveurs arrivaient, la poussière du métal à peine visible dans les rides de leur visage ; les typographes des imprimeries de journaux qui n'avaient pas dormi une nuit entière depuis dix ans et plus ; ils ont la mine défaite, les yeux rouges et les joues pâles, ils ne sont pas habitués à la lumière du jour. Les paveurs arrivent, ils marchent dans la rue qu'ils ont eux-mêmes construite, et pourtant ils s'y sentent étrangers, étourdis, écrasés par son éclat et son étendue ; des conducteurs et des cheminots suivent. Des trains noirs roulent encore dans leur tête, des signaux changent de couleur, des coups de sifflet stridents retentissent, des cloches de bronze sonnent.

Mais en face, les étudiants marchent à leur rencontre, le soleil sur leurs jeunes visages, des chants plein le cœur, avec des casquettes bariolées et des bannières ourlées d'or, bien nourris et les joues pleines, le gourdin à la main, le pistolet gonflant leur poche de pantalon ; leurs pères sont professeurs, leurs frères juges et officiers, leurs cousins commissaires de police, leurs beaux-frères industriels, leurs amis ministres. La puissance est de leur côté, ils ont le droit de frapper, qui pourrait les en punir ?

Le cortège des ouvriers chante *L'Internationale.* Ils chantent faux, les ouvriers, avec leur gorge desséchée. Ils chantent faux, mais avec une force poignante. C'est le chant d'une force qui pleure, d'une puissance qui sanglote.

Tout autre est celui des jeunes étudiants. Des airs qui montent de gorges bien entretenues, des sons pleins et ronds, des chants victorieux, des chants sanglants, des chants repus, sans brisure, sans souffrance ; il n'y a pas de sanglot dans leur gorge, seulement de l'allégresse, rien que de l'allégresse. Un coup de feu retentit.

Au même moment, des policiers à cheval, sabre au clair, sortent au galop des rues transversales, la police à pied barre les rues derrière eux, des chevaux s'effondrent, des cavaliers chancellent, la chaussée est éventrée, des doigts avides retournent les pavés, des pierres pleuvent sur la police qui se dresse comme un mur entre les deux groupes. Il y a deux masses qui veulent se rencontrer, la masse des forts contre la masse des faibles, les cordons de police ont sauté, la faim marche contre la satiété, dominant les mugissements un chant s'élève, venant des autres qui suivent, les uns chantent encore, les autres saignent déjà, parfois une détonation déchire le tumulte et les chants, alors tout devient silencieux, un fragment de seconde, et l'on entend murmurer la pluie d'automne, on l'entend tambouriner sur les toits et contre les vitres, et l'on dirait qu'elle tombe sur un monde paisible qui se préparerait à sombrer dans un sommeil hibernal.

Mais voici qu'une trompe d'auto gémit, telle une bête blessée ; les sonneries des tramways tintent au loin, désespérées, des coups de sifflet stridents retentissent, des trompettes pleurent comme des enfants. Un chien, piétiné, hurle, il pousse un cri humain, devenu humain à l'heure de sa mort misérable, des chaînes et des montants de porte font un bruit de ferraille, et de nouveau, un coup de feu éclate.

Marinelli arrive de l'université avec cinquante jeunes gens qui portent des carabines : les étudiants de renfort ; les pompiers s'avancent. Des pompes à incendie lancent des trombes d'eau froide qui s'écrasent en sifflant sur les combattants. La foule se disperse pour quelques instants. Puis les groupes se reforment. De petites mêlées grossissent. Fusionnent les unes avec les autres. Une balle a atteint le tuyau. Les casques des pompiers traînent sur le pavé. Le tuyau est coupé.

La police arrive dans des camions pétaradants. Le sol vibre. Les vitres tremblent. Déjà, ils sont renversés, piétinés, couverts de sang, mis en pièces, désarmés. Des ouvriers brisent des carabines sur le genou. Des femmes brandissent des sabres, des pistolets, des fusils.

De nouvelles troupes affluent des quartiers gris du Nord, ils portent des ustensiles de ménage, des tisonniers, des bêches, des haches et des pelles. Une mitrailleuse crépite du haut d'une maison. Quelqu'un a lancé l'alerte. Déjà mille sont prêts à fuir. Mille mains levées dans des directions incertaines. Tous les toits sont hérissés de canons. De tous les toits parviennent des crépitements. Des uniformes verts sont blottis derrière chaque saillie de mur. À toutes les fenêtres il y a des bouches noires et béantes.

Quelqu'un crie : « Des soldats ! »

Le trot de bottes à clous résonne sur l'asphalte. Les maisons sont occupées. Les fenêtres servent de meurtrières. Des chevaux abandonnés hennissent dans les vestibules, des commandements retentissent. On entend le cliquetis des armes.

Theodor attend sur l'Alexanderplatz. Sa compagnie attend. Il se blottit contre un portail fermé. Sa compagnie est accroupie sur le trottoir.

Un policier à cheval lui annonce que l'assaut est donné sur l'Hôtel de Ville et le bureau de police. Theodor se met en marche.

Ce sera un rude combat. Il va tomber. Il voudrait pleurer. Il marche à la tête de ses hommes. Leur pas régulier emplit ses oreilles. Maintenant il va mourir. Il repense à la nuit passée, il sent encore un tendre corps de femme qui se presse doucement contre lui.

Une troupe d'ouvriers combat autour de l'Hôtel de Ville et du bureau de police. Leur chef est un homme à la chevelure flottante, il tient à la main un bâton noueux. Maintenant il arrache un fusil des mains d'un ouvrier et met en joue. Theodor se jette à terre. Il tombe dans une flaque de boue et fait rejaillir des éclaboussures d'eau sale. Il tire, couché, un peu au hasard. Ses hommes courent en avant. Il ne voit plus rien, il ne voit que le rebord du trottoir devant lui, et par-dessus, la surface d'une pierre carrée. Une détonation l'épouvante. Des os humains tourbillonnent dans l'air. Un tronçon de jambe sanglant tombe des hauteurs. Une botte avec un pied dedans.

Le feu prend. On sent l'odeur de l'incendie. Un nuage de fumée s'élève en luttant contre la pluie. Theodor bondit sur ses pieds. Il court. Le quartier juif brûle. Des ustensiles de ménage volent par les fenêtres des maisons sales. Des hommes sont projetés en même temps. Une Juive halète sous le poids d'un soldat. Elle est étendue en travers sur le trottoir. Une vieille dame traverse la rue en boitant. Sa précipitation est ridicule. Dérisoire la force de ses pieds paralysés. Elle a le visage d'une femme qui court. Mais ses mouvements se traînent. Des enfants rampent dans la boue. Ils portent de petites chemises jaunes, des rigoles de sang confluent dans les caniveaux. L'eau de pluie les emporte. Avec du crottin de cheval, des duvets, des brins de paille. Elles s'écoulent vers les grilles des égouts qui les engloutissent avidement.

Des hommes à barbe blanche accourent avec leurs basques flottant autour d'eux. Quelqu'un s'agrippe au genou de Theodor. Un homme lui demande grâce en geignant. Theodor se dégage d'un coup de pied et envoie le suppliant rouler dans un ruisseau de sang. Du rouge jaillit. Des flammes s'élèvent des fenêtres. De la fumée fait irruption des toits qui éclatent. Des hommes avec des barres de fer hurlent : « Mort aux Juifs ! »

Tous frappent, tous sont frappés. Theodor est là, au milieu de tous. Il voit une tête dans la boue. Un visage mourant. Le visage de Günther. Theodor le fixe d'un œil hagard. Il reçoit brusquement un coup violent sur la tête. Du sang coule au-dessus de sa tempe. Des cercles rouges tournoient. Il vacille. Il voit le meneur. Ses cheveux flottants. Le bâton en l'air. Theodor tire son pistolet. L'homme saute de côté. Il lance son bâton. Theodor voit son visage blanc. Il n'a pas encore appuyé sur la détente. Déjà sa main douloureusement atteinte laisse échapper l'arme. L'homme approche de lui. Il voit le blanc des yeux ennemis. L'homme crie : « Tu as tué Günther. »

Theodor s'enfuit. Il entend derrière lui le souffle brûlant qui le poursuit. L'haleine de la bouche hostile pèse sur ses épaules. Il entend derrière lui le pas rapide de l'ennemi. Theodor court à pas feutrés. Il traverse des rues silencieuses, calcinées, mortes. Il traverse un monde étranger. Il traverse un long rêve. Il entend des coups de feu, des roulements de tambour, des cris de douleur. Tous les bruits sont terrés dans une substance molle qui les assourdit. Voici un tournant ! Est-ce le salut de l'autre côté ? Allons ! Il faut redoubler de vitesse, accélérer le galop, marcher sans toucher terre ! Maintenant il regarde en arrière. Personne ne le poursuit. Il se laisse tomber sur le seuil d'une maison. Par terre, devant lui, il y a un fusil perdu. Il le ramasse. Il continue à courir. Les morts vivent ! Il hait les morts. Il tombe sur un groupe de soldats. Maintenant il reconnaît ses hommes. De joyeuses acclamations le saluent. Il heurte des cadavres avec la crosse de son fusil. Il jette violemment son arme contre des crânes morts. Ils éclatent. Il piétine des blessés avec ses talons. Il marche sur des visages, des ventres, des mains qui pendent inertes. Il se venge des morts, ils ne veulent pas mourir.

Le soir tombait. Une obscurité humide s'installait dans les rues. C'est l'ordre qui a vaincu.

CHAPITRE 23

L'ordre avait vaincu. On renversa deux ministres. Ils en savaient trop sur les organisations secrètes. On en nomma deux autres. Ils en savaient plus long. Mais c'étaient des amis. Ils appartenaient au parti démocrate. Ainsi, ils avaient l'air d'être démocrates. Mais ils étaient membres d'honneur de la Ligue Bismarck. Et ils étaient en relation avec Munich. Et ils avaient peur des ouvriers.

« Nettoyer » était le terme technique qui recouvrait les opérations suivantes : des indicateurs s'introduisaient dans les bureaux d'un parti, que tout le monde connaissait, et le rapport de police mentionnait : « liquidation de repaires clandestins ». Des indicateurs se précipitaient sur un orateur, parfaitement anodin et inoffensif, et les journaux communiquaient qu'un espion bolchevique recherché depuis longtemps venait d'être enfin arrêté. On savait comment il s'appelait, mais les journaux disaient qu'il était peu probable que l'on pût apprendre le vrai nom du prisonnier. Des indicateurs organisaient des razzias dans les quartiers ouvriers, on en chargeait deux ou trois cents sur des camions cahotants. Les citoyens étrangers, c'est-à-dire tous ceux qui étaient originaires des territoires enlevés à l'Allemagne, furent cantonnés à l'aéroport, dans des baraquements, gardés par des gendarmes et répartis dans des convois qui allaient à la frontière. Ils étaient des milliers à vivre dans ces baraquements, de tous les coins du pays, avec des enfants, des femmes, des grand-mères. La crasse apportait des maladies. Les maladies causaient de nombreuses morts. Chaque jour, il en mourait quelques-uns avant que le convoi ne fût formé. Des mouchards s'introduisaient dans les quartiers juifs, des hommes ivres qui réclamaient de l'argent à tous les émigrés. On leur en donnait. Si le Juif refusait, il était traîné en prison comme espion bolchevique et devait faire l'objet d'une enquête de police. Cela durait plusieurs mois. Alors, le Juif, dont le billet de bateau ou le visa américain étaient périmés, était reconduit à la frontière. Les comités d'action civique avaient le droit de porter des armes. Leurs membres tiraient. Des princes allemands se mettaient en uniforme et traversaient les villes. De vieux généraux se déplaçaient dans un cliquetis d'éperons et de décorations. Des ouvriers en grève qui formaient des piquets aux portes des usines étaient abattus à coups de pistolet, égorgés, matraqués. Les journaux rapportaient que les ouvriers avaient provoqué les passants et qu'ils n'avaient pu être dispersés que par les armes. Des prédicateurs parcouraient les rues. Ils parlaient du soulèvement national. Tout le monde, dans les boutiques, les magasins, les usines, les bureaux, parlait du soulèvement national. Les journaux socialistes attendaient chaque jour de nouvelles attaques. La police arrivait trop tard et se bornait à constater les faits.

L'ordre avait vaincu.

Il apparut alors combien Benjamin Lenz pouvait être utile. Le journaliste Pisk fit un reportage sur Theodor. D'autres demandèrent des interviews. On recensait tous les anciens exploits de Theodor Lohse. On en inventait de nouveaux. Theodor vivait, couvert de gloire, relancé par les journalistes. De riches familles juives l'invitaient. Un jour, même, il alla chez Efrussi. Comme il y avait longtemps de cela ! Quel chemin parcouru depuis ! Maintenant, il était dans la maison d'Efrussi, avec des hommes politiques, des banquiers, des écrivains, un invité comme eux. Maintenant, il aurait pu s'avancer vers Mme Efrussi, comme son égal, et bien plus, en héros, portant l'uniforme, en homme célèbre. Mais voici que sa voix semblait venir de très loin. Elle ne souriait plus, sa douceur avait disparu, elle ne répandait plus de chaleur, elle fit à Theodor un signe de tête, il put à peine effleurer le bout de ses doigts glacés, et son visage était empreint d'une sorte de mépris sarcastique, comme si elle voulait dire : « Ah ! Regardez-le-moi, ce beau Theodor Lohse ! »

Theodor parvenait à oublier Mme Efrussi quand il parlait avec Mlle von Schlieffen qui habitait Potsdam avec sa tante et savait très bien danser. Theodor n'était pas bon danseur, et il n'avait rien non plus d'un brillant cavalier. Mlle von Schlieffen, elle, montait à cheval chaque matin. Et bien que tous les officiers de la garnison fussent à ses ordres, elle donnait la préférence à Theodor. Elle était âgée de vingt-six ans, orpheline, d'une famille connue, mais sans argent. Son père avait fini ses jours comme modeste conseiller, attaché à l'ambassade de Sofia.

La fille avait été élevée au couvent. La tante avait toujours pris soin d'elle. Maintenant, le moment était venu de lui trouver un mari. Autrefois, cela aurait été sans peine. Sous la République, on vieillissait plus vite, on se mariait moins facilement. En ces temps nouveaux, l'argent comptait plus que les alliances ou les mésalliances. Quel crédit avait ce nom ? Jamais auparavant une von Schlieffen n'aurait épousé un roturier. Maintenant, tout était possible. La demoiselle était encore blonde, les quelques petites rides du front, trop tôt marqué, passaient encore inaperçues, elle pouvait encore montrer ses dents blanches et saines. Mais les jambes commençaient visiblement à épaissir, et la nuit, bien souvent, elle ne parvenait pas à trouver le sommeil, le cœur et la chair en proie au désir de l'homme. Il n'y en avait pas de plus modeste que Theodor. Aucun dont la gloire, le succès et l'ambition eussent laissé intacte sa révérence envers les dames. Il avait plus de trente ans. L'âge idéal pour se marier. Il avait de l'avenir. Une femme qui visait haut pouvait faire fructifier son ambition. Elsa von Schlieffen était à l'âge où l'on pense avec sagesse, et elle sortait d'une famille où faire carrière était un devoir.

« Pourquoi ne vous mariez-vous pas ? » demandait Benjamin Lenz.

« Mariez-vous donc », insistait-il.

Il était temps de quitter la Reichswehr. Si l'on s'en remettait à ceux de Munich, on pouvait bien rester toute sa vie dans la Reichswehr et devenir officier d'état-major. La place de Trebitsch était déjà prise. Il fallait voir venir. À quoi menait un jour de popularité ? Hélas ! C'était une gloire de bien courte durée ! Le lendemain arrive quelque chose de nouveau, et les journaux sont ingrats. On oublie. On fait oublier.

Benjamin Lenz veut toucher l'origine des choses, il n'a pas besoin du premier venu, il a besoin de personnages haut placés. Il n'a que faire de petits sous-lieutenants. Il veut avoir des informations de bonne source ; être au courant de ce qui se trame dans les sphères importantes de l'État.

Il faudrait que Theodor se marie. Sous les mains d'une dame ambitieuse, ce niais de Theodor sera revêtu des plus hautes fonctions. « Profitez de la situation ! » dit Benjamin.

Sans doute, il ne pouvait plus être soldat. Comme il avait changé ! Il y avait un an encore, il aurait voulu finir ses jours comme officier.

Qu'était tout cela, il y avait encore un an ?

Misérable époque, pain au jambon et café avec de la peau chez Efrussi, légumes secs une fois par semaine, et *Les Sages de Sion*. Les Sages de Sion étaient bien différents de ce qui était écrit dans le livre. Ils n'aspiraient pas à dominer l'Europe. Ils étaient intelligents. Ils avaient de l'argent. C'était l'argent la plus grande puissance. Mais il ne se laissait pas prendre. Il y avait longtemps que le capital de Theodor ne s'accroissait plus. Benjamin Lenz disait : « Vendez ! Celui qui ne se sent pas chez lui à la Bourse, elle le vole, elle s'abat sur lui. Comme une nuée de sauterelles. »

Benjamin n'était pas mécontent que Theodor n'eût pas d'argent de reste. Benjamin prête à ses amis, du liquide, et de bon cœur. C'est un homme généreux, Benjamin Lenz. Il est heureux quand il peut aider Theodor.

Munich aurait bien laissé Theodor dans la Reichswehr. Mais il était plus libre qu'autrefois. Il se fit porter malade. Il était neurasthénique. On ne peut pas prouver la neurasthénie, disait Benjamin Lenz.

Theodor quitta la Reichswehr. Le cercle militaire organisa une petite fête intime. Il informa Munich de son départ et demanda qu'on lui confiât une nouvelle mission.

Il lui sembla alors qu'il avait écarté de sa route le dernier obstacle.

CHAPITRE 24

Une semaine plus tard, il se fiançait avec Mlle von Schlieffen. Benjamin avança de l'argent pour les cadeaux, les fleurs, la cérémonie.

Les fonds de Benjamin semblaient inépuisables.

Mlle von Schlieffen ne dansait plus. Elle ne montait plus à cheval. Elle perdit subitement toute passion pour les sports.

Elle restait à la maison et brodait des monogrammes sur des chemises, des pantalons, des mouchoirs.

Tous les soirs, Benjamin venait à Potsdam.

La première neige tombait. Un feu flambait dans la cheminée.

Une fois, Theodor amena ses sœurs avec lui.

Elles restèrent assises, muettes, firent la révérence devant la tante et s'en furent.

Elles étaient étourdies par l'éclat du nom von Schlieffen.

La mère de Theodor n'osa même pas poser de questions sur la fiancée.

Il y avait longtemps que Theodor n'était plus celui

que les siens toléraient avec mépris. Quelle belle chose que Dieu ait voulu que Theodor restât en vie !

Si son défunt père vivait encore ! pensait la mère. Elle brodait elle aussi des monogrammes. Elle alignait avec de la soie rouge des maximes en vers sur différentes pièces de lingerie.

Le grand Hilper avait maintenant le ministère de l'Intérieur. Il connaissait bien Theodor. S'il le connaissait !

Son attaché de presse était l'ancien petit rédacteur du *Nationaler Beobachter*.

Theodor plaisait à tout le monde. C'était un homme agréable, et humble en dépit de tous ses mérites. De plus, il était instruit. Il semblait vivre en bons termes avec les journaux. Et il avait des relations dans la société.

On ne lui connaissait aucun vice. Jamais il n'avait été poursuivi par les tribunaux. Il avait un passé sans tache. Il était même juriste.

Pourquoi Theodor n'occuperait-il pas un poste dans un ministère ?

Hilper décida de faire entrer Theodor dans un ministère. Il le lui promit.

Alors, Theodor traversa des bureaux, des conseillers lui serraient la main, ils ne savaient pas encore pour quelle raison il avait été choisi, mais ils savaient qu'il avait été choisi.

Un jour, le journaliste Pisk amena avec lui son ami Tannen. Ce nom était un pseudonyme. Mais Tannen lui-même était un être loquace, un être souriant, il avait un sourire professionnel, comme les jongleurs quand ils saluent.

Tannen faisait passer de petits communiqués dans les journaux. Il annonçait qu'une nouvelle charge avait été créée au secrétariat d'État pour la sûreté publique ; une sorte de poste relais entre le ministère de l'Intérieur, le secrétariat d'État et la Police.

Le journaliste Pisk alla voir le ministre pour s'informer.

« Je n'en ai encore jamais entendu parler ! » dit Hilper. Car Hilper était un homme simple, un professeur de lycée originaire de Westphalie, et pas du tout un diplomate.

« Mais ce serait pourtant une idée lumineuse », dit Pisk.

Puis Pisk raconta que le professeur Bruhns de l'Observatoire fêtait son soixantième anniversaire.

Le ministre était docteur en philologie classique et n'entendait rien à l'astronomie.

« Est-ce un homme de valeur ? demanda le ministre.

— Et comment !... C'est l'un des meilleurs météorologues qui soient, dit Pisk. Il a écrit un ouvrage en deux volumes sur Saturne.

— Ah ! Bon ! dit le ministre. Vous faites bien de me le dire. Dois-je lui écrire une lettre de félicitations ? Ou envoyer quelqu'un en mon nom ?

— Envoyer quelqu'un, Excellence », dit Pisk.

Il se moquait bien du professeur, mais il lui fallait trouver un biais, un biais pour aborder le sujet Lohse.

« Son Excellence sait-elle — Pisk évitait de s'adresser directement à son interlocuteur — que Lohse se marie ?

— Ah ! dit le ministre. Avec qui ?

— Une von Schlieffen !...

— Schlieffen ?! Bonne famille !

— Brillante carrière, à vrai dire, dit Pisk.

— Riche ?

— Et comment !

— Mille tonnerres ! dit le ministre, qui avait épousé une jeune fille pauvre, du temps où il était encore professeur.

— C'est un homme de tête ! dit Pisk.

— Et discret », ajouta le ministre.

Puis, il se remirent à parler du professeur Bruhns.

Et Pisk écrivit : « De source bien informée, on confirme la création d'un nouveau poste au secrétariat d'État pour la sûreté publique. On pense pour le pourvoir à un ancien officier dont le nom a été fréquemment cité au cours des dernières semaines. »

Le mariage devait avoir lieu en janvier.

CHAPITRE 25

C'était la première fois que Benjamin Lenz allait à un mariage. Il n'y alla pas, une voiture l'amena devant le portail de l'église, il portait pour la première fois un haut-de-forme et un frac, et plus tard, il se trouva assis à une table avec des officiers et de vieilles dames, et but du vin qu'il avait lui-même acheté.

Ce fut un mariage grandiose. Theodor avait revêtu son uniforme de parade. Ses camarades, eux aussi en tenue de parade, étincelaient, sonnaient, cliquetaient. Les gens de Potsdam étaient aux fenêtres, ils s'étaient rendus devant l'église, malgré le froid.

Le colonel fit un discours, le commandant, lui aussi, parla et mentionna une fois le comte Zeppelin, par simple habitude, sans nécessité particulière. Elsa insista pour que Theodor fît un discours de remerciement, il dut se lever et parler, il était troublé par le regard de sa jeune femme qui montait obliquement vers lui. Son cœur était envahi d'un amour immense pour tous ceux qui se trouvaient là. Il se leva plusieurs fois pour serrer la main de Benjamin Lenz qui était assis en face de lui.

Benjamin était heureux. C'était le mariage européen. Il avait à ses côtés la veuve du commandant Strubbe, elle parlait de Katowice où elle avait passé ses plus belles années. Benjamin n'entendait pas, le profond regard de Benjamin se perdait quelque part, au loin, il pensait à Lodz, à l'échoppe crasseuse de son père et voyait l'unique miroir du magasin, terni par les ans. Comme les paroles des vieux Juifs de Lodz étaient simples et sages, leur esprit juste, leurs rires mesurés, leur nourriture savoureuse — la nourriture des Juifs méprisés, battus, barbares, des Juifs qui ne portaient pas de casque et ne pouvaient ni étinceler ni faire de bruit.

C'était le mariage européen, voici que se mariait un homme qui avait tué sans intelligence, travaillé sans esprit, et il engendrerait des fils qui tueraient à leur tour, seraient européens, meurtriers, criminels et lâches, nationalistes et belliqueux, dévots et sanguinaires, fidèles au dieu européen qui tenait les rênes de la politique. Theodor engendrerait des enfants, des étudiants aux rubans multicolores. Ils peupleraient les écoles et les casernes. Et Benjamin voyait la lignée des Lohse. Ils se massacreraient entre eux.

Et Benjamin prêtait l'oreille aux télégrammes de félicitations que le commandant Lübbe lisait à haute voix. Il en arriva de Pisk et d'autres journalistes, du ministre Hilper, de conseillers, et même d'Efrussi. Puis, le commandant Lübbe marqua un temps, reprit bruyamment sa respiration et lut un télégramme de Ludendorff.

Et à chaque fois, c'étaient des mots, des mots de papier, des mots européens. Il semblait à Benjamin qu'il avait lui-même arrangé ce mariage, et que les Européens représentaient devant lui pour l'amuser une scène bouffonne de leur existence.

Il s'amusait. À voir l'aumônier qui, d'un air soumis, comme s'il souffrait quelque épouvantable supplice, remplissait son verre chaque fois qu'il était vide, devenait de plus en plus taciturne et levait au ciel des yeux vitreux, des yeux humbles et suppliants. Le colonel parlait très haut, il devait avoir des incontinences, s'absentait toujours et revenait quelques instants plus tard avec un bon mot, et les officiers poussaient un triple éclat de rire, sec, net et précis. Telles de petites bêtes effarouchées, les yeux de la vieille Mme Lohse lançaient des regards rapides et furtifs ; elle était assise à la droite du colonel et souriait quand il lui disait quelque chose, et quand il parlait à la vieille Mme von Schlieffen, elle était contente de ne pas avoir à le regarder, et elle regardait Theodor, Theodor et son épousée. Mme von Schlieffen avait une coiffure austère, à la mode de Potsdam, ses cheveux étaient strictement relevés, dégageant des oreilles jaunes et dures qui ressemblaient à des feuilles mortes, et son chignon était une insulte à la vue de quiconque le regardait.

Theodor plaisantait, il racontait à son épouse des anecdotes, car il devait parler. Et même quand il tenait des propos sans intérêt, Elsa riait, car elle devait répondre. Il était fier. Sa jeune femme était belle, mais il pensait parfois à Mme Efrussi. Était-elle plus belle, meilleure qu'Elsa ? Il retournait ces questions au plus profond, au plus intime de lui-même. Cette Juive l'irritait. Tout l'irritait. Et pourtant il avait de quoi être heureux. Il prenait pour épouse une von Schlieffen. Par amour pour lui, elle renonçait à la noblesse, elle échangeait le vieux nom sonore pour un autre, bien modeste, encore que fréquemment et honorablement cité. Les premiers mois étaient assurés, on avait loué un appartement tranquille, Benjamin, le fidèle Benjamin, avait troqué les actions contre des devises. Maintenant, demain, il serait chez lui. Après-demain, les jours et les semaines suivants, il y resterait. Il avait devant lui les jours et les semaines suivants, pleins de joie, ses nerfs avaient besoin de repos. « Tu dois te reposer, mon chéri », disait Elsa. Il devait se reposer.

Il déballait les cadeaux dans l'antichambre, la nuit s'étendait devant les fenêtres, la lampe répandait dans la chambre une lumière rouge. Elsa le serra dans ses bras, l'étreignit, il tendit la main vers elle, il respirait sa chevelure, il lui caressait la nuque.

Le lendemain matin, il reçut des fleurs de Benjamin Lenz, et un grand tableau. En souvenir des temps passés, écrivait Lenz.

C'était un portrait que le peintre Klaften avait fait de lui. Elsa l'accrocha dans le bureau de Theodor.

CHAPITRE 26

Benjamin Lenz l'a payé en dollars, il ne l'a pas payé trop cher.

Theodor endurait son portrait. Il n'en avait plus peur.

Il portait un complet à la mode, avec des épaulettes rembourrées et un seul bouton à la veste. Il ne se sentait pas à l'aise dans ses vêtements, il ne trouvait pas ses poches, elles étaient trop hautes et coupées de biais.

Ses larges pieds étaient chaussés de souliers pointus en cuir fin. Il gelait et souffrait le martyre, mais il trouvait cela joli.

Il aurait fallu qu'il allât à Munich. Il avait à parler avec Seyfarth. « Reste ici, disait Elsa, ils viendront bien eux-mêmes. »

Il avait peur qu'ils ne vinssent pas. Mais il n'en laissait rien paraître.

« Chéri, disait Elsa, laisse-moi te regarder. »

Et il se laissait regarder.

Il s'égara quelque peu. Il commença a croire ce qu'elle disait, ce à quoi elle croyait.

Elle allait à l'église. « J'ai l'habitude », disait-elle. Et il y allait avec elle. Car il était jaloux.

Elle ne voulait pas monter dans un compartiment où il y avait des Juifs. Il montait avec elle dans un autre compartiment.

Ils devaient voyager en seconde classe dans les transports de la ville. Il n'achetait pas de cartes hebdomadaires.

À Berlin, elle était vite fatiguée. Elle voulait prendre un taxi. Et ils prenaient un taxi.

Elle contemplait amoureusement le portrait de Theodor. Et Theodor savait que sa peur d'autrefois avait été excessive. C'était la nervosité. Oui, le portrait lui plaisait. Klaften l'avait peint alors qu'il prenait encore Theodor pour un camarade, le camarade Trattner.

« Quand t'a-t-il peint ? demandait Elsa. Tu connais le peintre Klaften ? » Et elle était fière.

Theodor guettait une occasion. Il voulait retracer son passé à sa femme.

Un jour, il parla. Il choisit un soir propre aux confidences. Le vent soufflait dans la cheminée. Elsa brodait sur un coussin des fleurs multicolores. Theodor commença à parler de Trebitsch. C'était un Juif très dangereux. Theodor l'avait démasqué le premier. On n'avait pas écouté les avertissements de Theodor. Malheureusement. Quant au prince, Theodor le passa sous silence.

En revanche, il s'attarda sur le peintre Klaften. Sur le jeune communiste Thimme. Il grossit l'image de l'indicateur Thimme, il le vieillit et fit de lui un chef. Et ce n'était pas de la Colonne de la Victoire qu'il avait été question. C'était tout le centre de Berlin qui s'apprêtait à sauter. L'écrasite avait été placée dans les canalisations d'égout.

« Ta vie était-elle menacée ? demanda Elsa.

— Pas la peine d'en parler, dit Theodor.

— Raconte-moi l'histoire des ouvriers agricoles », supplia Elsa.

Theodor raconta. Ce n'étaient pas des ouvriers. Des vagabonds, c'étaient, des agitateurs bolcheviques, tous armés jusqu'aux dents. Theodor avait nettoyé la Poméranie de tous ses éléments dangereux.

« Laisse-moi te regarder », disait Elsa.

Puis, Theodor parla de Viktoria, ce cheval de femme, cette dangereuse espionne qui s'était éprise de lui et lui avouait tout.

Elsa réfléchit un instant et dit :

« Mais, tout cela n'est pas particulièrement beau !

— Ma petite enfant, dit Theodor, des gens comme nous ne connaissent que leur idéal !

— Et leur femme ! ajouta Elsa.

— Et leur femme ! » répéta Theodor.

Et ils s'embrassèrent.

CHAPITRE 27

Chaque semaine, Theodor allait voir Hilper. Ses affaires étaient en bonne voie.

Elsa avait choisi un poste pour Theodor : Chef de la sûreté.

Cela ne correspondait à rien d'officiel. Et pourtant, le titre résonnait dans la tête de Theodor sans lui laisser de trêve. Il pensait continuellement : Chef de la sûreté.

Il fut nommé, assermenté, félicité. Il s'établit dans ses fonctions. Dix policiers étaient dans l'antichambre à attendre ses consignes.

Il y avait des conférences. Entre la Police et le secrétaire d'État. Entre le secrétaire d'État et le ministre. Entre tout le monde. Theodor s'y rendait en voiture.

Les policiers qui étaient sous ses ordres se mirent au travail. Comme ils n'avaient encore rien à faire, ils remplissaient des questionnaires. Ils recopiaient en triple exemplaire les listes des communistes expulsés.

Quand Theodor pénétrait dans le bureau, il les trouvait toujours penchés, le nez dans un froufrou de papiers.

Puis, on leur donna du travail. Theodor s'y reconnaissait. Il reprit son ancienne activité. Il mettait des espions en campagne. Et comme la Police procédait elle-même à des arrestations, Theodor arrêta davantage encore.

Lenz lui indiquait des pistes. Là-bas habitait la meneuse Rahel Lipschitz. Arrêtée ! Une conférence du pacifiste Stock était prévue pour le lendemain. Arrêté ! Les étudiants socialistes organisaient des rencontres internationales. Des orateurs arrivaient d'Angleterre. Arrêtés à la gare !

Theodor arrêtait. Il procédait lui-même aux interrogatoires. Sous sa main, de petits méfaits se transformaient en crimes de haute trahison. Il avait besoin d'un attaché de presse.

Pisk fut nommé attaché de presse. Pisk envoyait aux journaux des récits d'atrocités. Entre diverses informations de politique extérieure, il insérait de brefs articles annonçant quelque péril.

La presse se faisait l'écho des menaces qui guettaient la nation tout entière. Des agitateurs souterrains étaient à l'œuvre. Mais les autorités restaient en état d'alerte. Les comptes rendus d'arrestations se terminaient par la phrase : l'interrogatoire s'est poursuivi tard dans la nuit.

Les durs ne voulaient rien entendre pour avouer. Les policiers les frappaient. L'un d'eux faisait avancer le prisonnier en lui tordant le poignet par-derrière. C'était par « mesure de précaution ».

Quand l'interrogé répondait aux questions insidieuses de Theodor, le policier desserrait l'étreinte. S'il se taisait, la douleur devenait plus cuisante. « Répondez », disait Theodor.

Et tous les détenus finissaient par comprendre qu'il existait une relation entre leur réponse et la douleur qu'ils ressentaient. Et ils répondaient.

Les prisons étaient combles. La police n'arrêtait plus aucun voleur. Les juges d'instruction les remettaient tous en liberté. S'il arrivait qu'on enfermât un cambrioleur, c'était pour lui faire épier les autres.

Et les baraquements s'emplissaient. On construisit quelques cabanes supplémentaires. C'était un hiver rigoureux. Le gel chantait. Le vent amenait des vagues de neige pulvérisée. La neige s'infiltrait par les fentes des toits, fondait et regelait sur le sol. Dans la paille humide et fleurant la terre mouillée — c'était de la paille qui ne crisserait plus jamais —, des enfants se traînaient, leur peau était jaune et leurs côtes s'entrechoquaient. Il était interdit d'allumer des bougies dans ces baraquements, mais les ampoules électriques étaient vieilles et inutilisables, et les hommes restaient assis ensemble dans l'obscurité et chantaient. Ils chantaient d'une voix brisée des hymnes sanguinaires.

Parfois Benjamin Lenz allait inspecter les lieux avec un laissez-passer de Theodor. Il emmenait ses soldats avec lui. Il distribuait des cigarettes aux hommes et leur glissait de petits billets avec des indications et des plans de fuite. Quelques-uns parvinrent à s'échapper des baraquements. Ils allaient trouver Benjamin Lenz. Il pouvait leur procurer de faux papiers. Mais la plupart avaient femme et enfants et il leur fallait attendre le convoi. Ils attendaient longtemps. Ils attendaient la mort.

Un jour, Thimme vint voir Theodor, ils échangèrent des souvenirs des temps anciens chez Klaften. Thimme, le jeune Thimme, aimait Theodor, il le lui dit. Vous m'avez tout de suite été sympathique ! dit Thimme.

En voilà un qui est dangereux ! pensa Theodor.

Il faut que je fasse attention, pensait Theodor. Mais il ne fit pas attention. En quelques jours, le jeune Thimme fit sa conquête. C'était un être doué, un garçon diligent. Il voulait juste obtenir une place.

Et il se trouva que Thimme connaissait des planques. Les cabaretiers de Moabit qui avaient entreposé des armes et des explosifs dans leurs caves. Maintenant il n'y avait plus aucune arme à cet endroit-là. Mais Thimme savait y faire. Il en apporta lui-même la nuit précédente. Il connaissait les accès. Il avait des clés. On pouvait en faire quelque chose.

Theodor ne fit pas attention. Dans le calme repu de sa demeure, en sécurité dans les bornes de sa charge, qui était une fin, mais pas encore la fin dernière, un petit sommet avant d'autres plus hauts, il devint nonchalant, comme il l'avait toujours été, avant que les dangers et les menaces n'eussent éveillé sa méfiance et son attention, affiné son jugement. Ainsi il devenait tel que Benjamin Lenz le voulait. Il ne pouvait plus rien faire sans Benjamin. Theodor avait besoin de lui au travail comme de sa femme au foyer.

CHAPITRE 28

À son foyer, il prenait conscience de son importance. Chaque événement répondait à ses ordres, et même parfois à ce qu'il n'avait fait que désirer tacitement. Il mangeait toujours les plats dont il avait envie, sans avoir rien demandé. Il trouvait ses vêtements brossés, son pantalon repassé, tous les boutons à ses chemises ; il ne lui manquait aucun papier, ses armes étaient disposées bien en ordre — il aimait les armes —, et Elsa fourbissait son pistolet. Elle aussi, elle aimait les armes à feu.

Nulle part il n'avait autant d'ascendant qu'à son foyer. S'il lui prenait la fantaisie de régner en maître, il le pouvait. S'il avait besoin de chaleur, il en avait. Ici, personne ne doutait de sa perfection. Le soir, il se plaignait d'avoir trop de travail. Elsa disait : « Tu es surmené. » Il soulignait ses mérites. « Tu as le coup d'œil », disait Elsa, et il se prenait pour un grand psychologue. « J'aime ce Lenz », disait Theodor. « C'est un ami fidèle », repartait Elsa. Et il croyait à la fidélité de Benjamin. Il aimait entendre la chanson de *La Fille aux cheveux noirs*. Elsa la jouait, spontanément, avant l'heure du coucher.

Elle n'aimait ni la chanson ni Benjamin Lenz, et elle ne croyait pas non plus que Theodor fût parfait. Mais il fallait savoir céder sur les petites choses pour avoir gain de cause dans les grandes. Une von Schlieffen n'épousait un roturier qu'avec l'espoir de le voir accéder aux plus hautes fonctions de l'État. Cela réclamait avant tout de l'éloquence. Et Elsa poussa Theodor à s'entraîner.

Il en oublia presque sa femme. Il commençait tout doucement et amplifiait la puissance de sa voix. Il ne parlait pas dans sa chambre. Il parlait dans le grand salon. Il sentait se tendre vers lui des milliers d'oreilles attentives, comme s'il avait eu un véritable auditoire. Il parlait bien quand il parlait avec flamme. Une lueur étrange s'allumait dans ses yeux. Il croyait à ses paroles. Sa conviction était emportée par son propre discours et augmentait avec l'éclat de chaque son. Sa voix le convainquait.

Il disait qu'il fallait absolument sauver la patrie, et il retrouvait la foi de sa jeunesse. Tout ce qu'il avait vécu depuis était effacé. Il haïssait l'Ennemi intérieur, le Juif, le Pacifiste, le Plébéien. Il les haïssait comme autrefois, avant de connaître le prince et Trebitsch, le détective Klitsche et le commandant Seyfarth. Elsa, elle aussi, haïssait les ennemis intérieurs. Elsa était patriote. Elle parlait de la mauvaise odeur des Juifs. Et Theodor croyait pouvoir se rappeler qu'il avait entendu Trebitsch parler en yiddish. Theodor ne faisait d'exception que pour Benjamin Lenz. Il ne savait rien de précis sur Lenz. Mais il ne voulait rien savoir non plus. Il rangeait Benjamin Lenz au nombre de ses amis, comme le journaliste juif Pisk.

Et chaque fois qu'il avait parlé ainsi devant sa femme, il éprouvait le lendemain une irritation accrue contre les ennemis intérieurs et il s'attaquait à sa besogne sanguinaire avec une voluptueuse ardeur. Ces prisonniers qui étaient là, devant lui, que cherchaient-ils exactement en Allemagne ? Si l'état des choses ne leur plaisait pas, pourquoi y restaient-ils ? Pourquoi n'émigraient-ils pas ? En France, en Russie, en Palestine ? Il posait toutes ces questions aux prisonniers. Quelques-uns disaient : « Parce que l'Allemagne est ma patrie. » « Et c'est pour cela que vous trahissez ? » demandait Theodor. « Vous en faites bien autant ! » rétorquaient-ils. Ils étaient ravis quand quelqu'un voulait s'expliquer avec eux. Et ils payaient séance tenante pour leur réponse incongrue. Le policier qui était à côté d'eux leur broyait les os du poignet.

Parfois on amenait devant Theodor des hommes qui avaient été roués de coups, leur visage ruisselait de sang. Et dans la tête de Theodor, le vieux rouge montait en flammes crépitantes, des soleils rouges tournoyaient devant ses yeux, des transports de joie chantaient en lui, des transports de joie l'emportaient, il était heureux, il était léger, il avait des ailes.

Il y avait quelqu'un dont il aurait voulu voir le sang, cet homme qui l'avait pourchassé. Theodor voyait encore ses cheveux flamboyants, son visage haineux et blême, son bras prêt à frapper ; il entendait le sifflement du bâton qui retombait, il sentait sa main atteinte qui lui faisait mal. Il était encore en vie, cet homme qui avait été témoin de la lâcheté de Theodor, qui l'avait vu, lui, Theodor Lohse, s'enfuir comme un lâche. Tous ses indicateurs le recherchaient vainement. Dès qu'on lui annonçait l'arrivée d'un nouveau prisonnier, Theodor espérait tomber sur la trace de son ennemi. La plupart étaient torturés en pure perte. Ils ne savaient ou n'avouaient rien. Quelques-uns donnaient de faux renseignements. Et quand on leur disait qu'ils avaient menti, ils riaient. Ou bien, ils s'étaient trompés. Il y avait un seul espoir : Lenz. Lenz connaissait l'homme.

« Il est pour ainsi dire le beau-frère de Günther, expliqua Benjamin. Une vengeance de famille. Il veut vous tuer. Mais je crois que je suis sur une piste. »

Et c'était toujours une fausse piste. Chaque matin amenait la visite de Benjamin et un regain d'espérance. Chaque soir, des nouvelles décevantes et le désappointement.

Lenz le dépeignit avec précision. C'était le frère de cette jeune fille que Günther aurait dû épouser. Lenz disait « aurait dû épouser ». Parfois, Benjamin disait « pour qui Günther est mort ». Et, quand il s'oubliait « à cause de qui vous l'avez tué ».

Ce dernier mot était déplaisant. Theodor voyait la lèvre convulsivement relevée, la gencive blanche, le regard révulsé.

Lenz dépeignit aussi les vêtements et les habitudes de l'homme. Il lui avait déjà presque mis la main dessus. Mais il restait toujours une brèche par laquelle il s'échappait.

« Nous finirons par le trouver », assurait Lenz.

Mais il ne trouva pas l'homme, l'ennemi juré de Theodor.

« Il y a quelque chose qui te chagrine, disait Elsa, et tu ne m'en parles pas. »

« C'est le travail », disait Theodor, et il entreprenait un discours sur les visées de la politique nationale.

CHAPITRE 29

La nuit refusait son sommeil et, dans le silence plein de murmures cachés, Theodor sentait monter la peur de l'ennemi inconnu, terrible. Se trouvait-il de l'autre côté des frontières ? Vivait-il dans l'entourage de Theodor ? Il vivait peut-être dans la maison de Theodor, déguisé en portier. Et le serveur de la petite pâtisserie, en face du bureau, n'avait-il pas l'apparence de l'ennemi ? Ses cheveux flamboyants ? Ce même visage blanc de haine ? Son allure énergique et pesante ? Ses larges épaules ?

Cet homme vivait-il sous l'uniforme officiel du chauffeur qui conduisait la voiture de Theodor ? Ne guettait-il pas, au coin de la rue où tournait Theodor ? N'avait-il pas déposé une bombe dans cette maison, sous ce lit ?

Theodor allumait, traversait plusieurs fois la chambre, regardait par la fenêtre la nuit paisible dans les rues, la lumière tressautante du réverbère, et il dressait l'oreille quand il entendait des pas retentir au loin.

Tard, quand c'était déjà l'aube, un lourd sommeil le terrassait. Le jour apportait de nouveaux espoirs, de nouvelles alarmes et de cruelles heures d'attente. Chez lui, Theodor ne pouvait parler de tout cela. Il aurait fallu raconter, tout raconter depuis le commencement. Parler de Günther, de Klitsche. Ce n'aurait pas été un récit — une confession, effondrement d'une hauteur péniblement atteinte, mise à nu, suicide.

Ainsi, il ne restait que Benjamin.

Benjamin écoutait, consolait, promettait, rapportait les dernières nouvelles, donnait des conseils, apprenait ce qui s'était dit à des entretiens secrets, apprenait les desseins secrets du gouvernement, photographiait des documents, vendait les dossiers, en présentait d'autres à Theodor.

Il avait beaucoup à faire.

Les ouvriers des quartiers industriels s'insurgèrent et les chômeurs manifestèrent, car on ne leur donnait plus rien du tout. Une nouvelle flambée de colère, longtemps maîtrisée avec peine, soulevait les masses. Des chômeurs arrivaient de Saxe, ils ne venaient pas en train, ils venaient à pied, ils marchaient dans la campagne, sur les larges routes, ils marchaient dans le vent qui faisait tourbillonner la neige et annonçait le printemps.

Car le printemps arrivait. On le sentait déjà sur les routes, la neige fondait au milieu, et sur les bords, elle se recouvrait d'une croûte grisâtre. Mais les affamés, les évadés, les prisonniers en fuite, les ouvriers qui avaient pu quitter leur pays avant d'être arrêtés et espéraient disparaître dans la grande ville sans être repérés, les femmes dont le mari avait été tué, les Juifs émigrés de l'Est qui devaient éviter les chemins de fer, ils sentaient le printemps comme une triple douleur. Ils s'étaient familiarisés avec le chant du gel hivernal, avec le crissement de la neige, avec ses doux flocons, mais ce vent cinglant qui amenait avec lui la pluie d'avril, déchiquetait les vêtements et pénétrait dans les pores de la peau, ils ne pouvaient pas le supporter.

Ils tombaient sur le bord de la route, grelottants de fièvre, et attendaient leur dernière heure en claquant des dents ; alors ils devenaient tout raides, et d'autres fuyards qui passaient derrière eux, pris de pitié, enterraient leur cadavre dans les champs, la nuit, quand les paysans ne les voyaient pas.

Tel un meurtrier souriant, le printemps traversait l'Allemagne. Celui qui ne mourait pas dans les baraquements, échappait à la torture, évitait les balles des comités d'action civique et les matraques de la Croix gammée, celui que la faim épargnait, celui que les espions avaient oublié — il mourait en chemin, et les hordes noires des corbeaux tournaient en rond au-dessus de son cadavre.

Des maladies se tapissaient dans les replis de leurs vêtements, des maladies s'exhalaient de leur souffle. Le gendarme qui se heurtait à eux aspirait la maladie qu'ils crachaient avec leurs jurons, et il mourait quelques jours après quand il n'était pas immédiatement écrasé sous le nombre. Des soldats mouraient dans les garnisons. Des patrouilles qu'on avait envoyées sur les routes se dérobaient par des chemins latéraux pour ne pas rencontrer la grande maladie, et ils n'échappaient pas à la mort.

Mais dans les villes, les habitants parlaient du soulèvement national, Theodor faisait des conférences. Maintenant plus que jamais, l'ennemi intérieur menaçait, et sur les frontières, les États voisins s'apprêtaient à envahir le pays. Les lycéens s'entraînaient. Les juges s'entraînaient. Les prêtres brandissaient le gourdin. Des prédicateurs itinérants faisaient des sermons devant les autels de Dieu, dans les belles grandes églises du pays.

Theodor Lohse mobilisait tous les lycéens, tous les étudiants, tous les comités d'action civique. Le soir, il parlait dans des réunions publiques, il se grisait de paroles, il avait déjà plus de poids que le préfet de police, plus que le secrétaire d'État à la sûreté publique, plus que le ministre.

Il était monté sur l'estrade, et le son de sa propre voix le transportait. Sa femme était assise au premier rang. Tous les accès, les portes et les fenêtres étaient gardés, il oubliait tout danger, et même l'ennemi, l'ennemi aux aguets, l'ennemi inconnu. « Laisse-moi te regarder ! », disait Elsa, et elle était assise au premier rang et levait les yeux vers son mari, vers ce grand homme qui grandissait encore, chef de la sûreté — pensait-elle —, président de la nation, préparant la voie au retour de l'Empereur. Fêtes retentissantes dans des salons blancs, escaliers de marbre, lustres en or, toilettes du soir, cliquetis d'éperons, musique, musique.

De nouvelles élections étaient annoncées — qui sait si un nouveau poste, plus brillant, n'était pas libre ?

Les journaux écrivaient : Theodor Lohse. Des reporters venaient de l'étranger. *Die Welt* connaissait Theodor Lohse. Sa photographie était dans les grands quotidiens américains.

« L’une des têtes dirigeantes », disait-on de Theodor Lohse.

Pourquoi pas : la tête dirigeante ?

CHAPITRE 30

Un soir, Theodor passa au bureau à une heure avancée et trouva Benjamin Lenz devant des armoires ouvertes.

Lenz photographiait des documents.

Quand il vit Theodor, il tira son pistolet. « Du calme ! » dit Benjamin.

Theodor s'assit sur la table, il chancelait. « Du calme ! dit Benjamin.

— Mouchard ! s'écria Theodor.

— Mouchard ? demanda Benjamin. Vous êtes venu avec moi chez vos adversaires. Vous avez livré des ordres de bataille. J'ai des témoins. Et qui a assassiné Klitsche ?

— Partons », dit Theodor.

Et Theodor sortit de la maison avec Benjamin.

« Allez retrouver votre femme ! » dit Lenz, et il accompagna Theodor jusqu'à un taxi.

« Et dormez bien », lui cria Benjamin, tandis que le chauffeur tournait la manivelle.

Et Theodor rentra chez lui.

Sa femme était encore en train de jouer du piano

avant d'aller se coucher. Les fenêtres étaient ouvertes, et le doux air de mars soulevait les rideaux.

« Tu vas maintenant avoir de grandes tâches, dit Elsa.

— Oui, mon petit

— Nous devons être prêts

— Je suis prêt ! » dit Theodor, et il pensa à tuer Benjamin.

Pendant la nuit, Benjamin Lenz se rendit chez son frère. Les deux frères ne s'étaient pas vus depuis longtemps.

« Voici de l'argent et un passeport, dit Benjamin, il faut que tu partes tout de suite. »

Et Lazar, son frère, disparut.

Ils ne se connaissaient pas du tout, Lazar ne savait pas ce que tramait Benjamin, ni où il avait pris l'argent et le passeport, mais il disparut.

Il savait tout, on ne disait rien, ou on disait un tout petit mot insignifiant, et c'était tout un monde qu'il y avait dans le petit mot ridicule.

On pouvait dire un tout petit mot à n'importe quel Juif de Lodz, et il savait.

On n'a pas besoin de donner d'explications à un Juif de l'Est.

Lazar, le frère, avait de grands yeux bruns. Ses tempes s'éclaircissaient. Il étudiait tant, il faisait des découvertes.

« Peux-tu interrompre tes études ?

— Il le faut », dit Lazar, et il était déjà prêt. Il n'avait qu'une malle, et la malle était faite. Comme s'il avait attendu ce départ à chaque instant.

« As-tu déjà fait ta thèse ? demanda Benjamin.

— Il y a un an.
— Sur quoi travailles-tu ?
— Sur un gaz.
— Explosif ?
— Oui, dit Lazar.
— Pour l'Europe », dit Benjamin.

Et Lazar rit. Lazar comprenait tout. Qu'était Benjamin à côté ? Un petit intrigant.

Mais ce jeune frère aux yeux doux avec des reflets d'or allait faire voler en éclats tout un continent.

Le train pour Paris partait à minuit et demi.

Benjamin était sur le quai.

« Je te rejoindrai peut-être », dit Benjamin.

Alors Benjamin fit un signe de la main. C'était la première fois. Et le train sortit doucement de la gare. Le quai était désert, un homme arrosait le sol avec un broc vert.

Quelque part, sur les voies, des locomotives sifflaient.

DU MÊME AUTEUR

Aux Éditions Gallimard

LA FUITE SANS FIN («L'Imaginaire», *n° 155*).

HÔTEL SAVOY («L'Imaginaire», *n° 183*).

LA TOILE D'ARAIGNÉE («L'Imaginaire», *n° 498*).

LE PROPHÈTE MUET.

CONTE DE LA 1002e NUIT («L'Imaginaire», *n° 479*).

L'IMAGINAIRE

GALLIMARD

Axée sur les constructions de l'imagination, cette collection vous invite à découvrir les textes les plus originaux des littératures romanesques française et étrangères.

Volumes parus

220. Harry Mathews : *Conversions.*
221. Georges Perros : *Papiers collés*, II.
222. Daniel Boulanger : *Le chant du coq.*
223. David Shahar : *Le jour de la comtesse.*
224. Camilo José Cela : *La ruche.*
225. J.M.G. Le Clézio : *Le livre des fuites.*
226. Vassilis Vassilikos : *La plante.*
227. Philippe Sollers : *Drame.*
228. Guillaume Apollinaire : *Lettres à Lou.*
229. Hermann Broch : *Les somnambules.*
230. Raymond Roussel : *Locus Solus.*
231. John Dos Passos : *Milieu de siècle.*
232. Elio Vittorini : *Conversation en Sicile.*
233. Édouard Glissant : *Le quatrième siècle.*
234. Thomas De Quincey : *Les confessions d'un mangeur d'opium anglais* suivies de *Suspiria de profundis* et de *La malle-poste anglaise.*
235. Eugène Dabit : *Faubourgs de Paris.*
236. Halldor Laxness : *Le Paradis retrouvé.*
237. André Pieyre de Mandiargues : *Le Musée noir.*
238. Arthur Rimbaud : *Lettres de la vie littéraire d'Arthur Rimbaud.*
239. Henry David Thoreau : *Walden ou La vie dans les bois.*
240. Paul Morand : *L'homme pressé.*
241. Ivan Bounine : *Le calice de la vie.*
242. Henri Michaux : *Ecuador (Journal de voyage).*
243. André Breton : *Les pas perdus.*
244. Florence Delay : *L'insuccès de la fête.*

245. Pierre Klossowski : *La vocation suspendue.*
246. William Faulkner : *Descends, Moïse.*
247. Frederick Rolfe : *Don Tarquinio.*
248. Roger Vailland : *Beau Masque.*
249. Elias Canetti : *Auto-da-fé.*
250. Daniel Boulanger : *Mémoire de la ville.*
251. Julian Gloag : *Le tabernacle.*
252. Edmond Jabès : *Le Livre des Ressemblances.*
253. J.M.G. Le Clézio : *La fièvre.*
254. Peter Matthiessen : *Le léopard des neiges.*
255. Marquise Colombi : *Un mariage en province.*
256. Alexandre Vialatte : *Les fruits du Congo.*
257. Marie Susini : *Je m'appelle Anna Livia.*
258. Georges Bataille : *Le bleu du ciel.*
259. Valery Larbaud : *Jaune bleu blanc.*
260. Michel Leiris : *Biffures* (*La règle du jeu*, I).
261. Michel Leiris : *Fourbis* (*La règle du jeu*, II).
262. Marcel Jouhandeau : *Le parricide imaginaire.*
263. Marguerite Duras : *India Song.*
264. Pierre Mac Orlan : *Le tueur n° 2.*
265. Marguerite Duras : *Le théâtre de l'Amante anglaise.*
266. Pierre Drieu la Rochelle : *Beloukia.*
267. Emmanuel Bove : *Le piège.*
268. Michel Butor : *Mobile. Étude pour une représentation des États-Unis.*
269. Henri Thomas : *John Perkins* suivi de *Un scrupule.*
270. Roger Caillois : *Le fleuve Alphée.*
271. J.M.G. Le Clézio : *La guerre.*
272. Maurice Blanchot : *Thomas l'Obscur.*
273. Robert Desnos : *Le vin est tiré...*
274. Michel Leiris : *Frêle bruit* (*La règle du jeu*, IV).
275. Michel Leiris : *Fibrilles* (*La règle du jeu*, III).
276. Raymond Queneau : *Odile.*
277. Pierre Mac Orlan : *Babet de Picardie.*
278. Jacques Borel : *L'Adoration.*
279. Francis Ponge : *Le savon.*
280. D.A.F. de Sade : *Histoire secrète d'Isabelle de Bavière, Reine de France.*
281. Pierre Drieu la Rochelle : *L'homme à cheval.*
282. Paul Morand : *Milady* suivi de *Monsieur Zéro.*

283. Maurice Blanchot : *Le dernier homme.*
284. Emmanuel Bove : *Départ dans la nuit* suivi de *Non-lieu.*
285. Marcel Proust : *Pastiches et mélanges.*
286. Bernard Noël : *Le château de Cène* suivi de *Le château de Hors. L'outrage aux mots. La pornographie.*
287. Pierre Jean Jouve : *Le monde désert.*
288. Maurice Blanchot : *Au moment voulu.*
289. André Hardellet : *Le seuil du jardin.*
290. André Pieyre de Mandiargues : *L'Anglais décrit dans le château fermé.*
291. Georges Bataille : *Histoire de l'œil.*
292. Henri Thomas : *Le précepteur.*
293. Georges Perec : *W ou le souvenir d'enfance.*
294. Marguerite Yourcenar : *Feux.*
295. Jacques Audiberti : *Dimanche m'attend.*
296. Paul Morand : *Fermé la nuit.*
297. Roland Dubillard : *Olga ma vache. Les Campements. Confessions d'un fumeur de tabac français.*
298. Valery Larbaud : *Amants, heureux amants...* précédé de *Beauté, mon beau souci...* suivi de *Mon plus secret conseil.*
299. Jacques Rivière : *Aimée.*
300. Maurice Blanchot : *Celui qui ne m'accompagnait pas.*
301. Léon-Paul Fargue : *Le piéton de Paris* suivi de *D'après Paris.*
302. Joë Bousquet : *Un amour couleur de thé.*
303. Raymond Queneau : *Les enfants du limon.*
304. Marcel Schwob : *Vies imaginaires.*
305. Guillaume Apollinaire : *Le flâneur des deux rives* suivi de *Contemporains pittoresques.*
306. Arthur Adamov : *Je... Ils...*
307. Antonin Artaud : *Nouveaux écrits de Rodez.*
308. Max Jacob : *Filibuth ou La montre en or.*
309. J.M.G. Le Clézio : *Le déluge.*
310. Pierre Drieu la Rochelle : *L'homme couvert de femmes.*
311. Salvador Dali : *Journal d'un génie.*
312. D.A.F. de Sade : *Justine ou les malheurs de la vertu.*
313. Paul Nizan : *Le cheval de Troie.*
314. Pierre Klossowski : *Un si funeste désir.*
315. Paul Morand : *Les écarts amoureux.*
316. Jean Giono : *Rondeur des jours (L'eau vive I).*
317. André Hardellet : *Lourdes, lentes...*

318. Georges Perros : *Papiers collés, III.*
319. Violette Leduc : *La folie en tête.*
320. Emmanuel Berl : *Sylvia.*
321. Marc Bernard : *Pareils à des enfants...*
322. Pierre Drieu la Rochelle : *Rêveuse bourgeoisie.*
323. Eugène Delacroix : *Lettres intimes.*
324. Raymond Roussel : *Comment j'ai écrit certains de mes livres.*
325. Paul Gadenne : *L'invitation chez les Stirl.*
326. J.M.G. Le Clézio : *Voyages de l'autre côté.*
327. Gaston Chaissac : *Hippobosque au Bocage.*
328. Roger Martin du Gard : *Confidence africaine.*
329. Henri Thomas : *Le parjure.*
330. Georges Limbour : *La pie voleuse.*
331. André Gide : *Journal des faux-monnayeurs.*
332. Jean Giono : *L'oiseau bagué (L'eau vive II).*
333. Arthur Rimbaud : *Correspondance (1888-1891).*
334. Louis-René Des Forêts : *Les mendiants.*
335. Joë Bousquet : *Traduit du silence.*
336. Pierre Klossowski : *Les lois de l'hospitalité.*
337. Michel Leiris : *Langage tangage ou Ce que les mots me disent.*
338. Pablo Picasso : *Le désir attrapé par la queue.*
339. Marc Bernard : *Au-delà de l'absence.*
340. Jean Giono : *Les terrasses de l'île d'Elbe.*
341. André Breton : *Perspective cavalière.*
342. Rachilde : *La Marquise de Sade.*
343. Marcel Arland : *Terres étrangères.*
344. Paul Morand : *Tendres stocks.*
345. Paul Léautaud : *Amours.*
346. Adrienne Monnier : *Les gazettes (1923-1945).*
347. Guillaume Apollinaire : *L'Arbre à soie et autres Échos du* Mercure de France *(1917-1918).*
348. Léon-Paul Fargue : *Déjeuners de soleil.*
349. Henri Calet : *Monsieur Paul.*
350. Max Jacob : *Le terrain Bouchaballe.*
351. Violette Leduc : *La Bâtarde.*
352. Pierre Drieu la Rochelle : *La comédie de Charleroi.*
353. André Hardellet : *Le parc des Archers* suivi de *Lady Long Solo.*
354. Alfred Jarry : *L'amour en visites.*
355. Jules Supervielle : *L'Arche de Noé.*
356. Victor Segalen : *Peintures.*

357. Marcel Jouhandeau : *Monsieur Godeau intime.*
358. Roger Nimier : *Les épées.*
359. Paul Léautaud : *Le petit ami.*
360. Paul Valéry : *Lettres à quelques-uns.*
361. Guillaume Apollinaire : *Tendre comme le souvenir.*
362. J.M.G. Le Clézio : *Les Géants.*
363. Jacques Audiberti : *Les jardins et les fleuves.*
364. Louise de Vilmorin : *Histoire d'aimer.*
365. Léon-Paul Fargue : *Dîner de lune.*
366. Maurice Sachs : *La chasse à courre.*
367. Jean Grenier : *Voir Naples.*
368. Valery Larbaud : *Aux couleurs de Rome.*
369. Marcel Schwob : *Cœur double.*
370. Aragon : *Les aventures de Télémaque.*
371. Jacques Stephen Alexis : *Les arbres musiciens.*
372. André Pieyre de Mandiargues : *Porte dévergondée.*
373. Philippe Soupault : *Le nègre.*
374. Philippe Soupault : *Les dernières nuits de Paris.*
375. Michel Leiris : *Mots sans mémoire.*
376. Daniel-Henry Kahnweiler : *Entretiens avec Francis Crémieux.*
377. Jules Supervielle : *Premiers pas de l'univers.*
378. Louise de Vilmorin : *La lettre dans un taxi.*
379. Henri Michaux : *Passages.*
380. Georges Bataille : *Le Coupable* suivi de *L'Alleluiah.*
381. Aragon : *Théâtre/Roman.*
382. Paul Morand : *Tais-toi.*
383. Raymond Guérin : *La tête vide.*
384. Jean Grenier : *Inspirations méditerranéennes.*
385. Jean Tardieu : *On vient chercher Monsieur Jean.*
386. Jules Renard : *L'œil clair.*
387. Marcel Jouhandeau : *La jeunesse de Théophile.*
388. Eugène Dabit : *Villa Oasis ou Les faux bourgeois.*
389. André Beucler : *La ville anonyme.*
390. Léon-Paul Fargue : *Refuges.*
391. J.M.G. Le Clézio : *Terra Amata.*
393. Jean Giraudoux : *Les contes d'un matin.*
394. J.M.G. Le Clézio : *L'inconnu sur la terre.*
395. Jean Paulhan : *Les causes célèbres.*
396. André Pieyre de Mandiargues : *La motocyclette.*
397. Louis Guilloux : *Labyrinthe.*

398. Jean Giono : *Cœurs, passions, caractères.*
399. Pablo Picasso : *Les quatre petites filles.*
400. Clément Rosset : *Lettre sur les Chimpanzés.*
401. Louise de Vilmorin : *Le lit à colonnes.*
402. Jean Blanzat : *L'Iguane.*
403. Henry de Montherlant : *Les Bestiaires.*
404. Jean Prévost : *Les frères Bouquinquant.*
405. Paul Verlaine : *Les mémoires d'un veuf.*
406. Louis-Ferdinand Céline : *Semmelweis.*
407. Léon-Paul Fargue : *Méandres.*
408. Vladimir Maïakovski : *Lettres à Lili Brik (1917-1930).*
409. Unica Zürn : *L'Homme-Jasmin.*
410. V.S. Naipaul : *Miguel Street.*
411. Jean Schlumberger : *Le lion devenu vieux.*
412. William Faulkner : *Absalon, Absalon !*
413. Jules Romains : *Puissances de Paris.*
414. Iouri Kazakov : *La petite gare et autres nouvelles.*
415. Alexandre Vialatte : *Le fidèle Berger.*
416. Louis-René des Forêts : *Ostinato.*
417. Edith Wharton : *Chez les heureux du monde.*
418. Marguerite Duras : *Abahn Sabana David.*
419. André Hardellet : *Les chasseurs I et II.*
420. Maurice Blanchot : *L'attente l'oubli.*
421. Frederic Prokosch : *La tempête et l'écho.*
422. Violette Leduc : *La chasse à l'amour.*
423. Michel Leiris : *À cor et à cri.*
424. Clarice Lispector : *Le bâtisseur de ruines.*
425. Philippe Sollers : *Nombres.*
426. Hermann Broch : *Les Irresponsables.*
427. Jean Grenier : *Lettres d'Égypte, 1950,* suivi de *Un été au Liban.*
428. Henri Calet : *Le bouquet.*
429. Iouri Tynianov : *Le Disgracié.*
430. André Gide : *Ainsi soit-il* ou *Les jeux sont faits.*
431. Philippe Sollers : *Lois.*
432. Antonin Artaud : *Van Gogh, le suicidé de la société.*
433. André Pieyre de Mandiargues : *Sous la lame.*
434. Thomas Hardy : *Les petites ironies de la vie.*
435. Gilbert Keith Chesterton : *Le Napoléon de Notting Hill.*
436. Theodor Fontane : *Effi Briest.*
437. Bruno Schulz : *Le sanatorium au croque-mort.*

438. André Hardellet : *Oneïros* ou *La belle lurette.*
439. William Faulkner : *Si je t'oublie, Jérusalem. Les palmiers. sauvages.*
440. Charlotte Brontë : *Le professeur.*
441. Philippe Sollers : *H.*
442. Louis-Ferdinand Céline : *Ballets sans musique, sans rien*, précédé de *Secrets dans l'île* et suivi de *Progrès.*
443. Conrad Aiken : *Au-dessus de l'abysse.*
444. Jean Forton : *L'épingle du jeu.*
446. Edith Wharton : *Voyage au Maroc.*
447. Italo Svevo : *Une vie.*
448. Thomas de Quincey : *La nonne militaire d'Espagne.*
449. Anne Brontë : *Agnès Grey.*
450. Stig Dagerman : *Le serpent.*
451. August Strindberg : *Inferno.*
452. Paul Morand : *Hécate et ses chiens.*
453. Theodor Francis Powys : *Le Capitaine Patch.*
454. Salvador Dali : *La vie secrète de Salvador Dali.*
455. Edith Wharton : *Le fils et autres nouvelles.*
456. John Dos Passos : *La belle vie.*
457. Juliette Drouet : *« Mon grand petit homme... ».*
458. Michel Leiris : *Nuits sans nuit.*
459. Frederic Prokosch : *Béatrice Cenci.*
460. Leonardo Sciascia : *Les oncles de Sicile.*
461. Rabindranath Tagore : *Le Vagabond et autres histoires.*
462. Thomas de Quincey : *De l'Assassinat considéré comme un des Beaux-Arts.*
463. Jean Potocki : *Manuscrit trouvé à Saragosse.*
464. Boris Vian : *Vercoquin et le plancton.*
465. Gilbert Keith Chesterton : *Le nommé Jeudi.*
466. Iris Murdoch : *Pâques sanglantes.*
467. Rabindranath Tagore : *Le naufrage.*
468. José Maria Arguedas : *Les fleuves profonds.*
469. Truman Capote : *Les Muses parlent.*
470. Thomas Bernhard : *La cave.*
471. Ernst von Salomon : *Le destin de A.D.*
472. Gilbert Keith Chesterton : *Le Club des Métiers bizarres.*
473. Eugène Ionesco : *La photo du colonel.*
474. André Gide : *Le voyage d'Urien.*
475. Julio Cortázar : *Octaèdre.*

Composition Interligne.
Impression Société Nouvelle Firmin-Didot
à Mesnil-sur-l'Estrée, le 8 avril 2004.
Dépôt légal : avril 2004.
Numéro d'imprimeur : 67970.
ISBN 2-07-077084-2/Imprimé en France.

129549